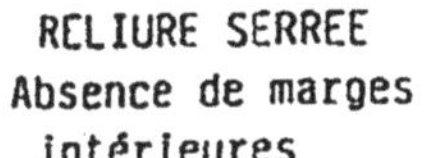

RELIURE SERREE
Absence de marges
intérieures

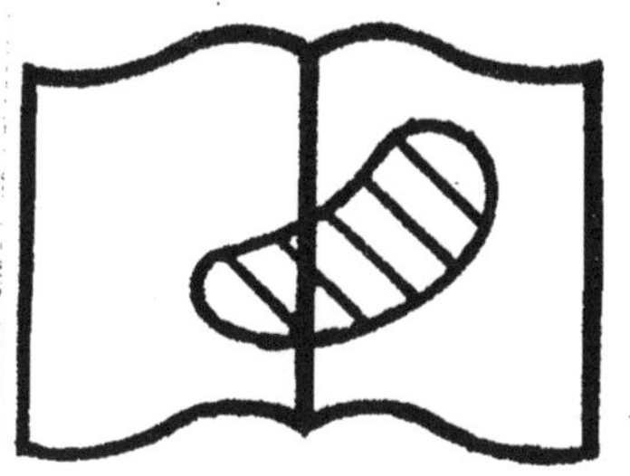

Illisibilité partielle

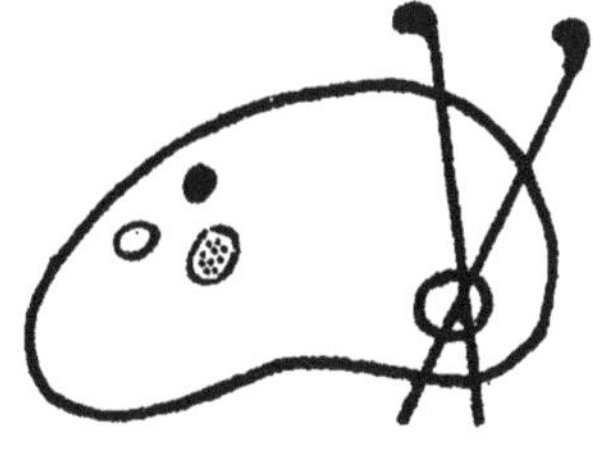

Couvertures supérieure et inférieure
en couleur

VALABLE POUR TOUT OU PARTIE
DU DOCUMENT REPRODUIT

ABEL RICHARD

INCONDUITE & TRAVAIL

HISTOIRE

D'UNE

FAMILLE D'OUVRIERS

PARIS

Librairie Centrale des Publications Populaires

45, RUE DES SAINTS-PÈRES, 45

H.-E. MARTIN, Directeur

1887

INCONDUITE & TRAVAIL

HISTOIRE

D'UNE

FAMILLE D'OUVRIERS

ABEL RICHARD

INCONDUITE & TRAVAIL

HISTOIRE

D'UNE

FAMILLE D'OUVRIERS

PARIS

Librairie Centrale des Publications Populaires

45, RUE DES SAINTS-PÈRES, 45

H.-E. MARTIN, Directeur

1887

GEORGES

INCONDUITE ET TRAVAIL

HISTOIRE

D'UNE FAMILLE D'OUVRIERS

Première Partie

CHAPITRE PREMIER

JAMAIS plus désolant convoi n'alla de Saint-Médard au cimetière Montparnasse que celui du défunt père Moucheux.

Derrière le fourgon qui contenait le cercueil, un homme, l'air ennuyé et bourru ; une femme et deux petits garçons qui ne pleuraient pas, bien qu'ils suivissent l'enterrement de leur père.

C'est que le père Moucheux n'avait été ni le modèle des maris, ni celui des pères. Ivrogne et brutal, il laissait sa femme et ses enfants manquer de tout. Si quelqu'un se plaignait, il « remettait les choses dans l'ordre. » Cette expression, dans sa bouche, signifiait qu'il allait rouer de coups de fouet — il était charretier quand il n'était pas gris — la femme ou l'enfant assez osé pour élever la voix et demander du pain. De ce régime, Mme Moucheux était morte au bout de peu de temps. Les deux garçonnets en avaient pour ainsi dire bénéficié, car leur père, ne pouvant compter sur eux pour lui faire à manger, prit l'habitude de vivre dehors. Comment conservèrent-ils leur misérable existence, eux ? Ils auraient été bien embarrassés de le dire, les pauvres enfants. Leur père leur donnait à manger quand il y pensait : un bout de pain, de la charcuterie passée dont il ne voulait plus. Sans la charité des voisins, sans l'industrie de Georges, l'aîné des deux garçonnets, qui trouvait parfois à gagner quelques sous, ni son frère, ni lui ne fussent arrivés à l'âge qu'ils atteignaient au moment où commence ce récit, douze et neuf ans.

En mourant, le père Moucheux avait fait connaître qu'il lui restait une sœur, mariée dans Paris à un nommé Lagneau, qui joignait à ce nom le prénom de Barthélemy et la profession d'ogre. On appelle ainsi les marchands de chiffons en gros. L'autorité fit des recherches et découvrit la sœur de Moucheux trois maisons plus loin que son frère. Et ils ne s'étaient pas vus depuis quatre ans, Lagneau n'ayant jamais autorisé sa femme à mettre les pieds chez son ivrogne de frère, qui lui eût emprunté les pièces de cent sous dont lui-même avait besoin pour s'absinther tout son content.

Quand on dit à l'ogre qu'il lui tombait deux neveux sur les bras, on s'attendait à le voir déclarer qu'il ne s'en chargerait ni pour or ni pour argent. On l'espérait même un peu, car, bien que Lagneau n'eût pas positivement ce que l'on appelle une mauvaise réputation, il était connu pour un habitué des cabarets de la rue Mouffetard, et ses voisins disaient qu'il maltraitait sa femme.

A la grande surprise du fonctionnaire municipal qui traitait la question avec lui, l'ogre réclama ses droits à la tutelle de ses neveux. Il parla, très justement d'ailleurs, de la nécessité pour eux d'apprendre un état, défia qui que ce fût de prouver qu'il eût un sou de dettes, tout revendeur de chiffons qu'il était, et termina en disant, la main sur son cœur, qu'on pouvait être un honnête homme, un brave homme, un digne homme, et porter des rubis sur la pointe du nez. Somme toute, les voisins exagéraient peut-être, pensèrent les autorités. Peut-être Mme Lagneau n'était-elle pas non plus sans mériter les claques que l'on accusait son mari de lui prodiguer. Enquête fut faite aussi de ce côté. Personne ne révéla rien contre l'honorabilité de Mme Lagneau. Que pouvait conclure le conseil de famille, sinon qu'on ne pouvait pas exiger d'un ogre des manières de marquis ni la fréquentation assidue des grands restaurants du boulevard ? Il payait partout rubis sur l'ongle, exerçait une profession parfaitement licite, n'avait pas même une condamnation pour ivresse à son casier..... La tutelle de ses neveux lui fut commise sans discussion.

Ce fut lui qui suivit, l'air ennuyé et bourru, les funérailles de son beau-frère. C'était sa femme, une blonde fade, traînante et souffreteuse, qui donnait la main à Georges et au petit Joseph.

Après l'enterrement, les deux enfants revinrent avec leur tante. Quant à l'ogre, il commença sa tournée chez les cabaretiers.

Les quinze premiers jours furent assez heureux pour les petits Moucheux. Leur tante était bonne, leurs cousins et cousines, quoique tout à fait vauriens, se montraient complaisants et presque affectueux. Quant à Lagneau, on ne le voyait guère. Ses moments de présence à la maison devenaient de plus en plus rares et de plus en plus courts. Personne ne s'en plaignait.

Un soir, il rentra plus tôt qu'on ne l'attendait. Il était ivre. Le repas n'étant pas prêt, il querella sa femme et la frappa devant les enfants, ce qui ne lui était jamais arrivé. Puis, il alla se jeter sur son lit, et on l'entendit se tourner et se retourner en grommelant des mots sans suite.

— Ma tante, demanda Georges à la pauvre Mme Lagneau qui se hâtait de préparer le dîner, qu'a donc mon oncle ce soir ?

— Ce sont ses affaires qui le tracassent, répondit Mme Lagneau. Quand il parle comme ça tout seul, c'est que les affaires ne vont pas.

De fait, les affaires n'allaient pas. Quelques bons coups avaient mis, six mois auparavant, pas mal d'argent dans la poche de Lagneau. Grisé par ce succès, il en avait cherché d'autres, et s'était lancé dans la spéculation en même temps qu'il dépensait ses bénéfices en orgies. Et soudain, une baisse était venue, quand il attendait une hausse. Il avait des engagements pris, auxquels il fallait faire face, et s'il lui restait cinquante francs, c'était tout le bout du monde. Il avait cherché à réaliser un emprunt, il avait vendu à perte, bref, il avait parcouru le cercle habituel des gens qui se débattent, et comme de raison, il se retrouvait à son point de départ, avec trois ou quatre mille francs de différences à solder, et cinq ou six cents francs de marchandises en magasin. C'était la ruine. L'échéance arriva, puis les huissiers avec leurs grimoires. Le magasin se vida, le mobilier suivit, tout ce que l'on trouva de saisissable fut saisi et vendu. Les créanciers touchèrent quinze pour cent, et Lagneau, ses dernières hardes dans un mouchoir, alla s'établir à Belleville pour reprendre la hotte et le crochet.

CHAPITRE DEUXIÈME

LE nouveau logement de Lagneau se composait d'une chambre où l'on devait manger et dormir pêle-mêle, et d'une cuisine noire et triangulaire. Le tout au sixième d'une haute maison maussade et froide. Du haut en bas de l'immense bâtisse, vingt ou trente ménages grouillaient dans la promiscuité à peine voilée qui caractérise ordinairement ces sortes d'agglomérations urbaines, caravansérails plutôt que maisons. Sur le même palier que les Lagneau demeuraient un tourneur, sa femme et ses huit ou dix mioches malpropres. En bas au cinquième, il y avait une lingère en chambre et un peintre en bâtiments. En haut, un célibataire à grands cheveux occupait une mansarde. Il vivait seul, sortant tout le jour et rentrant tard. On ne lui connaissait point de profession ni de métier. Pauvre, il l'était incontestablement, bien qu'il payât très régulièrement son terme. L'avait-il toujours été ? On prétendait que non. Mme Grassut, la concierge, et Mlle Pinchenot, la maîtresse de piano du troisième, s'accordaient à lui trouver un air d'homme qui a eu des malheurs, et dont la place n'est pas au septième étage d'un bazar de Belleville. En tout cas, soit que l'on sût sur lui quelque chose d'un passé meilleur, soit qu'avec son costume noir boutonné jusqu'au menton, sa physionomie pensive et sombre et ses saluts empreints de solennité, il imposât à la population de l'immeuble, on ne l'appelait, du sous-sol aux combles, que « Monsieur Eugène » ou « le professeur. » On lui prêtait une ex-situation très brillante dans l'Université. Les enfants, quand on leur parlait du ministre de l'instruction publique, se représentaient toujours « M. Eugène » avec de l'or sur les coutures luisantes de son habit.

La maison avait ses fournisseurs attitrés. A très peu d'exceptions près, tous les locataires prenaient au même boulanger, au même boucher, au même épicier. Quand on était depuis longtemps dans la maison, ce qui prouvait qu'on payait bien son terme, on avait crédit. Sinon, non. Lagneau, quoi qu'il en eût, dut se soumettre à l'usage, et le peu d'argent qu'il avait encore eut vite disparu.

Un certain soir il se trouva sans un sou vaillant. A la maison, plus un morceau de pain.

Les enfants, qui jadis, s'ils recevaient de leur père plus de taloches que de caresses, au moins avaient toujours de quoi manger, les enfants geignaient dans les coins. Lagneau furieux giffla sa fille aînée qui se plaignait d'avoir faim.

— Est-ce que tu crois que j'en fabrique, du pain ! cria-t-il avec emportement.

— Mon Dieu, fit la mère en hésitant, si tu avais travaillé depuis tantôt quinze jours que nous sommes ici...

Elle fit gros dos, attendant une claque. Lagneau se leva, furieux. Travailler, elle en parlait bien à son aise, elle qui n'avait qu'à moucher ses moutards. S'il lui fallait prendre la hotte, on verrait bien. Avec ça que le métier marchait si bien, et que ça donnait du cœur au ventre pour courir les rues la nuit, la pensée d'aller vider son sac chez les anciens confrères, qui feraient exprès de rechigner sur la marchandise. Et puis, depuis le temps, il avait oublié le truc, il avait perdu le coup. Les autres auraient leur hottée pleine quand lui fouillerait encore son premier tas ; ils lui prendraient les bons morceaux sous son nez, parce qu'il n'avait plus l'œil et le flair. Bref, toutes sortes de mauvaises raisons. Et pour finir, il cria, jura, tempêta et promit de calotter quiconque l'embêterait. Les enfants se turent, effrayés. Mme Lagneau, très satisfaite d'en être quitte pour une scène, se garda bien de reparler de quoi que ce fût.

Le lendemain, Lagneau se sentit le ventre creux. Il fallait pourtant aviser. Très en colère contre tout le monde et contre lui-même, il descendit de bon matin et gagna les Halles. A onze heures, il rentra avec de quoi manger. Trente sous gagnés à décharger des voitures. Seulement, il bavait de rage, se rappelant le temps où il lançait chaque soir douze chiffonniers sur le pavé de Paris et donnait du travail à huit ou dix trieuses. Et comme sa femme lui conseillait, malencontreuse inspiration, de s'abonner à y retourner tous les matins pour attendre — le soir, il chercherait quelque chose — il la battit comme plâtre en lui reprochant de s'être entendue avec les gredins qui l'avaient ruiné. Puis il sortit et ne reparut pas de deux jours.

Ce fut, pendant ce temps, Georges Moucheux qui nourrit la famille.

Cet enfant de douze ans avait puisé dans la misère et la souffrance, qui tant de fois abattent ceux qu'elles étreignent, une force de caractère bien au-dessus de son âge. A la mort de sa pauvre mère, quand il s'était vu le seul appui, le seul protecteur de son frère encore enfant, il avait compris qu'une mission lui incombait. De ce jour, il s'était voué tout entier à son humble tâche. Grâce à lui, le petit Joseph, qui eût dû cent fois périr de misère, avait vécu et grandi. A force d'activité, d'abnégation, de courage, il subvint pendant trois ans aux besoins essentiels du pauvre enfant et qui plus est, de son père. Car Moucheux, bien qu'il se fût amendé sensiblement à la suite de la mort de sa femme, n'avait pu renoncer à boire, et un accident dû à l'ivresse l'avait rendu presque incapable de travailler. Georges travailla pour lui, pour Joseph, pour tout le monde. Le père infirme était exigeant, maussade, et plus d'une fois il fallait que

Georges se privât pour ne pas le laisser manquer de tabac, mais qu'importait au brave enfant : le petit avait toujours ce qu'il lui fallait. Quant à lui-même il n'eût pas su, bien certainement, dire comment il avait conservé l'existence durant ces trois années. Il était sans doute de ces êtres dont la vocation est de vivre de ce qui fait mourir autrui. Quand il ne gagnait pas assez, et l'on juge si cela devait arriver souvent, pour Joseph et pour lui, eh bien, il se passait de manger, ou bien se contentait de détritus ramassés dans les rues de grand matin. Et cela ne l'empêchait pas de courir toute la journée, faisant des commissions, balayant la neige ou râclant la boue, ouvrant à l'occasion une portière, vendant du mouron pour les petits oiseaux, poussant la voiture à bras des commissionnaires trop chargés, nettoyant le trottoir le long des magasins, tenant les pattes aux caniches qui refusaient de se laisser tondre, lavant la vaisselle dans les gargotes ou brassant la plume chez les épureuses de literie. Le pauvre petit, quand au bout d'une journée de labeur, il avait récolté quinze ou vingt sous, il croyait rêver et se demandait sérieusement s'il ne comptait pas au nombre des riches d'ici-bas. Quinze ou vingt sous, mais il trouvait le moyen de vivre deux jours avec et de faire des économies. Car, avec la précocité qui le distinguait, il savait le prix de l'argent et connaissait le secret de le faire durer.

Georges recommença chez Lagneau ce qu'il avait fait chez son père. Quand il vit sa pauvre malheureuse femme de tante rassembler en pleurant ses enfants autour d'elle en leur répétant : « Papa va revenir » ce qui signifiait immanquablement qu'on aurait des coups ou pas de pain, il alla vers elle, l'embrassa et lui dit à l'oreille :

— Je vais chercher de l'ouvrage.

Et il sortit. Il alla trier des chiffons cité Doré, fit en route deux ou trois commissions pour des commerçants du quartier, qui le connaissaient et l'estimaient depuis longtemps, et revint le soir avec du pain pour tout le monde. Le lendemain, il recommença.

Le surlendemain Lagneau rentra. Il s'attendait à trouver tout le monde en larmes, à recevoir des plaintes, des récriminations auxquelles il eût répondu en se fâchant. A sa grande surprise, on ne lui dit rien. Alors il tourna la difficulté. C'était du propre, une famille comme ça ! Pas seulement l'air de s'apercevoir s'il y était ou non ! Fallait croire qu'il ne manquait guère ! Un fameux moyen de l'encourager à travailler ! Plus souvent qu'il s'esquinterait le tempérament pour des sans-cœur pareils ! Etc., etc...

Le silence par lequel on accueillit ces divagations le mit hors de lui. Il cria qu'on se moquait de lui à sa barbe, qu'on affectait de ne pas faire attention à ses paroles, et jura que ça allait mal se passer. La pauvre Mme Lagneau allait être souffletée, quand Georges intervint. Il en avait bien vu d'autres, et la rage de son oncle n'était pas pour lui faire perdre la tête.

— Voulez-vous m'écouter, mon oncle, fit-il en se glissant devant la pauvre femme par un mouvement adroit qui fit dévier le bras déjà levé de Lagneau.

— De quoi te mêles-tu, crapaud ! hurla l'ivrogne.

— C'est que nous avons des explications à vous donner, répondit Georges.

La réponse était diplomatique et produisit son effet.

— Ah ! ah ! des explications, fit Lagneau en se rengorgeant. C'est pas malheureux, à la fin des fins. Voyons voir...

Et il s'assit de l'air d'un juge prêt à entendre des accusés. Georges reprit alors la parole, lui expliqua fort sensément que si personne ne lui avait rien dit depuis qu'il était entré, c'était pour ne pas l'interrompre, attendu qu'il avait parlé tout le temps et qu'on connaissait la politesse ; ensuite que si personne ne s'était plaint, c'était qu'on n'avait pas souffert, ayant eu de quoi manger.....

Ici Lagneau l'interrompit.

— T'as donc de l'argent caché? demanda-t-il à sa femme d'un air soupçonneux.

— Non, répondit la pauvre créature toute tremblante, c'est... c'est Georges qui a travaillé.

— Ah! fit Lagneau entre ses dents. Tu travailles donc, gamin? demanda-t il à Georges.

— Oui, mon oncle, répondit l'enfant avec fierté.

— Et qu'est-ce que tu fais?

— Ce que je trouve à faire, des commissions, des...

— Ah! oui, tu bricoles par ci par là... Ça rapporte-t-il?

— Pas beaucoup.

— Pas beaucoup... hum! dis donc, ça rapporte toujours de quoi nourrir sept personnes pendant deux jours, à ce que je vois...

Il ricanait d'un mauvais rire. Georges, inquiet, n'osait trop répondre. Lagneau ne lui en laissa du reste pas le temps.

— Eh bien, alors, reprit-il en se levant, ricanant toujours, je ne vois pas pourquoi je m'échinerais de travail pour vous empiffrer... Puisque tu es assez malin pour donner la becquée à toute la tribu, je me décharge sur toi de ce soin... Donc, à partir d'aujourd'hui, je ne me mêle plus de rien... fais bouillir la marmite, mon gars, puisque tu en as trouvé le moyen, et moi, qu'on me fiche la paix!...

Il écarta d'un revers de main la petite Jeanne, sa dernière fille, qui se rapprochait de lui, et saluant sa femme et Georges d'un ricanement gouailleur, il sortit.

Georges était atterré.

— Ma tante, ma tante, fit-il, il ne fallait pas lui dire que j'avais travaillé...

— Que voulais-tu que je lui dise, mon pauvre enfant, répondit la malheureuse femme en pleurant. Il n'a pas de cœur, vois-tu, ajouta-t-elle tout bas:

nous lui aurions raconté que ses enfants mendiaient dans les rues qu'il n'aurait pas eu honte. Ah ! si je savais travailler, ou si je pouvais seulement quitter les enfants. Mais... ils sont trop jeunes, l'aîné n'a que dix ans, il faudrait que tu puisses rester là, et alors, qui est-ce qui gagnerait le pain de la journée ? murmura la pauvre femme, qui n'osait dire même à Georges ce qui la retenait chez elle.

— Maman, murmura à ce moment l'aînée des petites filles, est-ce que tu n'as pas à manger, aujourd'hui ?

— Attends, Louise, répondit vivement Georges. Je vais sortir et rapporter du pain.

Il embrassa sa tante et sortit prestement.

CHAPITRE TROISIÈME

Ce qui retenait Mme Lagneau à la maison, c'était la frayeur de voir ses enfants prendre, s'ils étaient livrés à eux-mêmes, de déplorables habitudes de vagabondage. Les mauvais exemples de leur père commençaient à porter fruits. Les deux garçons, Michel et Jacques, passaient dans la maisons pour deux garnements, et les deux filles, Louise et Jeanne, pour deux effrontées. Leurs polissonneries avaient déjà valu plus d'une plainte à leur mère, plus d'une réclamation même au propriétaire. Lagneau, toujours brutal, les avait corrigés à outrance, mais comme il ne savait pas se faire respecter d'eux, ç'avait été sévérité perdue : ses enfants n'avaient plus songé qu'à se cacher de lui, sans prendre souci de lui obéir, ce qui est infailliblement le résultat de la rigueur quand la dignité de celui qui châtie n'est pas là pour rendre au châtiment son véritable caractère. D'autre part, Mme Lagneau, qui savait ce que c'est que d'être battue, montrait une faiblesse déplorable et parvenait à peine à prévenir de trop grosses fredaines. Ses enfants n'étaient donc que des vauriens, qu'elle ne pouvait lâcher d'une semelle sans craindre d'apprendre en rentrant qu'ils avaient fait quelque dégât et de recevoir congé. De plus, ils pouvaient compter au nombre des plus fameux brise-fer de tout Paris. Pas de jour qu'il ne fallût rapiécer quelque culotte, recoudre quelque jupe fendue, laver quelque vêtement maculé de boue ou d'ordures. Ses journées y suffisaient à peine, et comme elle ne possédait aucune notion des travaux de femme qui procurent un gain sérieux, elle ne pouvait chercher d'ouvrage en chambre. Libre, elle eût travaillé chez les ogres ou bien dans quelque lavoir. Avec ses quatre drôles, elle était réduite à l'inaction.

Tout le poids de la tâche retombait donc sur Georges.

L'enfant ne se découragea pas. Bien qu'il se rendît compte qu'à son âge, le souci de son avenir eût exigé qu'il apprît un état au lieu de battre le pavé de Paris en « bricolant » de droite et de gauche comme il le faisait, il continua son dur métier de gueux. Pendant tout l'hiver de 1874-75, il subvint aux besoins de la famille et paya le loyer.

Lagneau ne faisait plus que de rares apparitions chez lui. De quoi vivait-il ? Sa femme ne se le demandait qu'en tremblant. Un soir qu'il était aimable, il lui offrit de l'argent. Elle hésita :

— As-tu peur que je ne l'aie volé, ricana-t-il.

Et comme elle se taisait, il ajouta, en posant le rouleau de pièces de vingt sous sur la cheminée sans feu.

— Oui, je l'ai volé, au gouvernement. Je conduis des alcools et des tabacs en fraude depuis Paris jusqu'en Belgique, et je rapporte des dentelles en revenant. C'est pour ça qu'on ne me voit plus.

Nous regrettons d'avoir à le dire, mais cette assertion, faite avec un naturel qui ne permettait guère le doute, et qui venait d'ailleurs confirmer certains renseignements reçus de côté et d'autre, rassura pleinement Mme Lagneau. Son intelligence originairement bornée, son jugement faussé par les mille préjugés traditionnels dont les classes laborieuses ont tant de peine à se défaire complétement, n'avaient été ni développés, ni redressés par l'instruction même la plus élémentaire. Ne sachant ni lire ni écrire, vivant au milieu de gens également illettrés et comme elle convaincus, dans leur for intérieur, que les gens instruits n'étaient bons à rien, la pauvre femme avait en son cerveau donné asile à une collection d'erreurs, de faussetés, d'exagérations, de niaiseries, de superstitions, au milieu desquelles on ne pouvait s'étonner de rencontrer cette opinion très répandue : « Voler le gouvernement, ce n'est pas voler. »

Aussi, quand elle apprit à Georges, en riant de joie, que son oncle avait « trouvé une bonne affaire, » et qu'elle lui en eut expliqué la nature, elle fut on ne peut plus surprise, stupéfaite même, d'entendre l'enfant lui répondre :

— Mais, tante, c'est très vilain, ce que mon oncle fait là !...

— Très vilain ?... fit-elle, les yeux plus grands que la bouche.

Et Georges, qui n'était pas diplômé non plus, le pauvret, dut renoncer à lui faire comprendre ce qu'il voyait si clairement, lui, dans son intelligence ouverte et sa droite conscience d'honnête garçon.

Avec une ténacité naïve, il essaya de faire entrer l'idée que son père faisait mal dans la tête de l'aîné de ses cousins. Mais le garnement, qui se souciait peu de la provenance de l'argent avec lequel sa mère faisait bouillir la marmite, pourvu que la soupe ne manquât point, envoya purement et simplement promener Georges. D'ailleurs, des germes de discorde fermentaient dans la maison. Les petits Lagneau, vicieux dans le fond, se lassaient de se voir sans cesse proposer Georges et son frère pour modèles. De plus, en sa qualité d'aîné et de fournisseur unique de l'armoire aux provisions, Georges avait essayé de prendre sur ses vauriens de cousins et cousines l'autorité que leur mère n'avait pas. Les dits vauriens s'étaient révoltés tout d'abord, mais, à leur profonde stupéfaction, Lagneau avait soutenu Georges. Le fait, à vrai dire, ne s'était présenté qu'une fois, mais ç'avait été suffisant pour leur donner la conviction que Georges « cassait du sucre », c'est-à-dire dénonçait leurs méfaits à leur père. Et depuis lors, les

gamins ne reçurent plus une danse ni les gamines
une fouettée, qu'ils ne l'attribuassent immédiatement
à leur cousin, contre lequel des trésors de haine
s'amassèrent dans ces quatre cœurs de chats sauvages.

La contrebande est un métier qui a, comme les autres, ses hauts et ses bas. Néanmoins, elle s'exerce à
Paris sur une assez vaste échelle, et quand un frau-
deur parisien se double d'un contrebandier de fron-
tières, comme chez Lagneau, les bénéfices sont gentils.
Au bout d'un certain temps, l'oncle de Georges gagna
ses huit francs par jour, quitte et net. Presque autant que quand il était ogre. Aimant ses aises pour le
moins autant que le cabaret, il se logea plus convenablement et prit l'habitude de revenir chez lui régulièrement. A cela près qu'il gagnait illégitimement ce
qu'il gagnait, que l'état de craintes et de transes
perpétuelles dans lequel il vivait le rendait plus aca-
riâtre et plus brutal encore que par le passé, et par
conséquent que Mme Lagneau, pour peu que le dîner
fût en retard, était plus battue que jamais, cela marcha très bien trois mois durant.

Georges continuait néanmoins à travailler ferme.
Sa tante lui disait parfois :
— Tu en as assez fait, mon chéri. Repose-toi.
Lui secouait la tête et s'acharnait.
Il avait une idée. Une grande idée.
Il voulait que son frère, un jour venant, ne fût pas
le petit misérable qu'il était lui-même.
Il voulait qu'il pût apprendre un bon état, s'assurer
un avenir exempt, dans la mesure du possible, des
inquiétudes et des tracas d'argent.
Ce qu'il voulait surtout, c'était le voir devenir au-
tre chose que son oncle et ses cousins. Le pauvre
enfant pensait malgré lui, malgré tous ses efforts
pour chasser cette obsession navrante : « Et autre
chose que son père. »
Tout un plan s'était élucubré dans sa jeune tête. Il

enverrait pour commencer Joseph à l'école, puis, quand il en saurait assez, il le mettrait en apprentissage. Tout en apprenant un état, il continuerait à s'instruire en suivant des cours d'adultes. Et Georges ne doutait pas, dans son inexpérience, de voir son frère arriver un jour à une grande situation dans l'industrie parisienne, grâce à son instruction.

Et c'était pour cela qu'il travaillait, le digne enfant. L'instruction, cela coûtait, à cette époque. Les apprentissages, cela coûte toujours. Ne fallait-il pas amasser de quoi subvenir à ces dépenses, et puis, qui sait, de quoi vivre aussi, peut-être, un jour venant ? La tante Lagneau pouvait manquer, et Georges, sans trop savoir s'il le pourrait, s'était promis, si le malheur voulait qu'ils dussent rester seuls avec leur oncle et leurs cousins, de soustraire son frère à ce milieu. Aussi, comme il en abattait, de l'ouvrage !... comme il économisait précieusement les sous gagnés !... comme il leur avait choisi une bonne cachette, entre les vieux bois disjoints d'un buffet démonté ! comme il les eût défendus, si l'on eût voulu les lui prendre ! Il avait déjà quarante francs, il les appelait son trésor !!!

CHAPITRE QUATRIÈME

ÉLAS ! tous les beaux rêves finissent par s'évanouir. Le pauvre petit Georges devait en faire la cruelle expérience.

Un jour, Lagneau ne rentra pas pour le déjeuner, bien qu'il eût expressément recommandé de lui tenir prête une côtelette de porc frais, son plat favori.

En revanche, des agents de police se présentèrent. Lagneau, pris en flagrant délit de transport frauduleux de marchandises, avait été mis en état d'arrestation, et l'on venait faire perquisition chez lui.

Fort heureusement, ce n'était pas chez lui que Lagneau déposait ses cigares de contrebande, ses allumettes non contrôlées, ses cartes à jouer et ses dentelles. On ne trouva rien.

— Et mon mari? monsieur, demanda la pauvre femme au commissaire de police quand celui-ci se retira.

Le commissaire hocha la tête en allongeant la lèvre inférieure.

— Votre mari, fit-il, s'est non seulement rendu coupable du délit de fraude et de contrebande, mais, quand on a saisi la brouette à double fond dont il se servait pour passer de l'alcool, il a tenté de se mettre en rébellion. Il a frappé un agent, et...

— Ah ! mon Dieu ! murmura Mme Lagneau en joignant les mains.

— Dame, reprit le commissaire, qui n'éprouvait et ne pouvait éprouver une grande commisération pour cette femme qu'il ne connaissait pas et dont il ignorait la triste existence, je doute qu'il s'en tire à moins de deux ans de prison...

Et il sortit.

Mme Lagneau tomba sur une chaise, accablée.

— Deux ans de prison ! murmura-t-elle.

Et elle pensait :

— On va peut-être m'ôter la tutelle de Georges. Qu'est-ce que je deviendrai avec les enfants !!!

— Ma tante, murmura Georges à son oreille, il ne faut pas vous décourager. Je suis là...

La pauvre femme le prit dans ses bras et l'embrassa en pleurant.

Les autres enfants, à part Joseph, s'étaient groupés dans un coin de la chambre et chuchotaient.

Leur mère les vit. Elle ne comprit que trop ce qu'ils devaient se dire. Mais, comme si l'énergie lui fût venue avec le malheur, elle leur imposa silence et leur dit avec beaucoup de fermeté.

— Maintenant que le père ne sera plus là, n'allez pas croire qu'on vous laissera faire tout ce que vous voudrez. D'abord, dans la maison, vous obéirez à Georges aussi bien qu'à moi, vous entendez. Et si l'on se plaint de vous comme par le passé, bon ordre y sera mis...

Moitié par surprise, moitié par dissimulation, les quatre vauriens se turent et conservèrent tout le reste de la journée une tenue assez décente.

Vers le soir, Mme Lagneau reçut une visite à laquelle elle était loin de s'attendre. Ce fut celle du propriétaire de la maison.

En termes polis, bienveillants même, M. Ducoudray lui signifia qu'il lui donnait congé.

— Vous ne pouviez ignorer à quel genre de travail se livrait votre mari, lui dit-il. Tout en admettant que vous ne lui donniez pas votre concours matériel, je trouve singulier que vous n'ayez pas usé de l'influence généralement exercée par les femmes sur leurs maris...

— Ah ! monsieur ! si vous saviez ! interrompit la pauvre femme.

— Quoi donc ! interrogea M. Ducoudray.

Pour toute réponse, Mme Lagneau releva sa manche au-dessus du coude, et montra sur son bras des marques noires.

— Ce sont des coups que mon mari m'a donnés, monsieur, fit elle, et sur tout le corps j'en ai autant. Cela vous prouve que je n'ai pas sur mon mari l'influence que vous croyez. Et puis, monsieur, je ne suis qu'une ignorante, moi. Je croyais que frauder le gouvernement, ce n'était pas voler, je vous le jure, monsieur...

Mme Lagneau n'avait jamais menti de sa vie, même devant les menaces de son mari. Il y avait dans son accent et dans son regard une telle expression de sincérité, que M. Ducoudray, qui n'était pas un méchant homme, se sentit ému. Il comprit qu'il se trouvait en face d'un de ces drames intimes comme il s'en cache tant dans les couches inférieures de la société. Il reprit :

— Soit... j'attendrai. Je me renseignerai. Si je me décide à vous garder, ce ne sera pas ici, par exemple. Votre mari ne pouvant plus vous aider, je craindrais pour mes termes... Vous reprendrez votre petit logement du sixième. Seulement, que l'on ne se plaigne plus de vos enfants comme on le faisait tous ces temps-ci. Pourquoi ne vont-ils pas à l'école, vos enfants ?... Ils y prendraient de meilleures manières.

Mme Lagneau, à qui l'on ne faisait pas ce reproche pour la première fois, rougit et balbutia, pour s'excuser, quelques mots décousus sur sa pauvreté, sur l'opposition de son mari. M. Ducoudray, comprenant qu'après tout, ce n'était guère le moment de demander que la pauvre femme se mît en dépense, hocha la tête et sortit.

Quelques semaines après, il partait pour les eaux. Georges avait payé le terme, et la famille s'était réinstallée au sixième. Georges avait trouvé une « position. »

Il faisait des paquets dans un grand magasin de quincaillerie. Il gagnait vingt sous par jour et sa nourriture, ce qui eût été superbe s'il n'eût pas eu six personnes à sa charge. De plus, cela lui prenait tout son
temps, absolument tout son temps, de six heures du
matin à neuf heures du soir. Impossible d'apprendre
un métier quelconque entre temps. Et de deux ans au
moins il ne fallait pas compter trouver mieux. Lagneau
s'était fait condamner à quatre ans de prison, et
Georges n'avait encore que treize ans. C'était donc la
misère pour tout ce temps-là. Plus tard même,
Georges ne pouvait guère espérer de changement bien
notable dans sa position. Sans instruction, sans avoir
appris d'état, manœuvre ou journalier, c'était tout ce
qu'il pouvait être, et il s'en rendait bien compte, un
jour venant.

CHAPITRE CINQUIÈME

ETTE perspective l'eût laissé indifférent, s'il
eût été seul au monde. Mais quand il pensait à son frère, à son frère dont il s'était
promis de faire un homme instruit et heureux, les
sanglots lui montaient à la gorge.

Il s'agissait bien de faire des économies et de mettre
de l'argent en réserve pour payer les mois d'école et
d'apprentissage ! Avant tout, il fallait nourrir les quatre vauriens de la tante Lagneau et la tante Lagneau
elle-même, car le peu que gagnait cette dernière à
faire le ménage de la concierge de la maison suffisait
à peine à payer le terme. Il fallait payer le blanchis-
sage, l'entretien, le chauffage ; quelquefois, hélas ! les
dégâts commis par les enfants, car ceux-ci, loin de
s'amender, devenaient pires de jour en jour, et leur
mère, à qui sa fille aînée, une morveuse de sept ans
et demi, avait bel et bien mordu le bras jusqu'au
sang un jour qu'elle voulait lui donner une correction
manuelle surabondamment méritée, leur pauvre
mère n'était pas femme à en venir à bout. Par grand
bonheur, si tant est que mal faire en vagabondant
vaille mieux que tout détruire à domicile, ils ne restaient plus guère dans la maison ; sans cela, le congé
définitif eût été donné depuis longtemps. Seulement,
afin d'éviter qu'ils ne prissent l'habitude de ne pas
rentrer, il fallait, pour la nourriture et le reste, s'effor-
cer de les contenter. Cela coûtait, Dieu sait ! Pour
n'être pas débordée, Mme Lagneau dut se résigner à
laisser complètement la bride sur le cou à ses enfants,
et à chercher de l'ouvrage, fût-ce au dehors. Elle en

trouva dans une raffinerie où on l'employa à laver des torchons. De retour chez elle, elle faisait jusqu'à minuit des sacs de toile pour un grainetier. Tout cela ne permettait pas de vivre sans faire des dettes un peu de tous les côtés.

Georges voyait donc s'écrouler tout l'échafaudage des plans conçus pour l'avenir de son frère.

Joseph prenait ses dix ans. Il ne savait ni lire ni écrire. De plus, comme il se dégourdissait peu à peu, l'inaction et la solitude lui pesaient, il commençait à suivre ses cousins et cousines au dehors.

Il devenait urgent d'aviser. Georges réfléchit, puis s'arrêta à un grand parti.

Il allait apprendre à lire... tout seul. Il avait entendu dire que cela n'était pas chose impossible. Quand il saurait lire, il se mettrait à l'écriture et au calcul. Puis, il se ferait le professeur de son frère, et lui enseignerait ce qu'il aurait appris...

Le généreux enfant ne se faisait pas autant d'illusions qu'on pourrait le croire. S'il n'apercevait pas, dans son inexpérience, toutes les difficultés de son entreprise, du moins ne se dissimulait-il pas les plus immédiates et les plus grandes. Il n'avait pas dans le succès final une confiance exagérée, mais il lui était si souvent arrivé de réussir là où il n'avait cru pouvoir aboutir qu'à un échec !

— J'essaye toujours, se disait-il. Qui sait ?

A partir du jour où il se fut tracé ce nouveau programme, Georges collectionna soigneusement tout ce qui lui tomba sous la main de journaux, de feuillets, d'imprimés de toute sorte. Il devint pour les distributeurs de prospectus une vieille et constante pratique. Ce n'était pas lui, disait son patron, qui laissait traîner des morceaux de papier dans le magasin. Il était aussi grand contemplateur d'affiches.

— Mais, nous dira-t-on, que pouvait faire de tout cela ce pauvre moutard illettré ?....

Mon Dieu ! il en fit une chose en apparence très simple, mais que plus d'un érudit n'eût point imaginée.

Il parcourut tous ses imprimés, l'un après l'autre, du commencement à la fin.

Tous les caractères semblables, il les releva de son mieux, avec un bout de crayon, sur une grande feuille de papier blanc. Pas n'est besoin de savoir écrire pour copier des traits.

Au bout de quelques jours de ce travail de bénédictin, sa feuille était couverte d'une collection de lettres répétées vingt, trente, cent fois, chaque assemblage de la même lettre formant une ligne isolée.

Georges opéra ensuite une sélection des plus simples, c'est-à-dire qu'il prit et nota sur une autre feuille de papier la première lettre de chacune de ces lignes. Et de la sorte, il obtint une série de caractères — un véritable alphabet — qui, dans sa conviction, représentait tous les signes employés pour exprimer les sons divers émis par la voix humaine.

Dans cet alphabet qu'il s'était si ingénieusement construit, on pense bien qu'il y avait plutôt trop de lettres que pas assez. Les majuscules, les lettres accentuées, les chiffres, les signes de ponctuation, tous ces accessoires si variés de la science graphique, Georges les avait relevés comme lettres, et cela ne fut pas sans l'embarrasser très fort quand il passa de la constitution de son alphabet à l'application des caractères.

Il savait parfaitement qu'il travaillait chez un quincaillier. Son premier soin fut donc, quand il voulut passer au second échelon de son pénible échafaudage, de relever avec soin les caractères composant l'enseigne du magasin.

Le pauvre enfant s'imaginait que ces caractères devaient former le mot « quincaillerie ».

Hélas, ils constituaient ceci :

AUX FORGES DE BELLEVILLE

Bardonnieux, successeur de Grand

Persuadé que la première ligne devait être le nom

du patron, Georges ne s'arrêta qu'à la seconde. Mais il y avait quatre mots dans cette seconde ligne. Lequel était quincaillerie ? Le plus long, sans doute. Georges compta les lettres, et constata, non sans désespoir, que le premier et le deuxième en avaient autant l'un que l'autre.

Là-dessus, l'heure vint d'aller reprendre le travail. Toute la journée, en faisant ses paquets, Georges rumina dans sa tête mille et mille projets. Il était tellement préoccupé, qu'il oublia plusieurs fois de glisser sous la ficelle les étiquettes toutes préparées qu'on lui remettait avec la marchandise, ce qui causa des erreurs et lui valut un : « Mais où as-tu donc la tête, sacré gamin ! » du premier commis, qui ne l'avait jamais vu si distrait.

En sortant, Georges se promit de recommencer ailleurs son essai.

Justement, il avait à passer devant une pharmacie. Il regarda l'enseigne, laquelle était ainsi conçue : Laboratoire central.

Il y avait au-dessous : Greluche, pharmacien de première classe, en toutes petites lettres peintes sur le vitrail de la porte d'entrée.

Georges copia *Laboratoire* et s'en alla.

Il prit vingt pas plus loin l'enseigne d'un restaurant. Cette fois, il ne se trompait pas.

Le soir quand les enfants furent au lit, Georges vint s'installer auprès de la petite lampe à essence qui éclairait Mme Lagneau en train de coudre ses sacs.

— Que vas tu faire ? lui demanda sa tante en le voyant installer son papier et son crayon sur la table. Encore tes gribouillages ! Tu ferais bien mieux de te reposer.

Georges ne répondit pas, mais il eut un hochement de tête vainqueur.

Et il commença.

Il répéta le mot *pharmacie* vingt-cinq ou trente fois de suite. Il le répéta — Mme Lagneau en était effrayée, croyant bien que Georges devenait fou —

d'abord syllabe par syllabe : phar-ma-cie. Puis il allongea la prononciation, traînant sur chaque lettre et n'en finissant plus : Phhhhhaaarrrrmmmmacccie. Et puis il recommença, deux fois, trois fois, zébrant son papier de coups de crayon qu'il effaçait pour les rétablir et les effacer encore.

Enfin, il se leva vivement, et se penchant vers Mme Lagneau qui n'y comprenait décidément rien, il lui dit avec volubilité :

— Dans *pharmacie*, il y a sept sons différents, vois-tu. Il y a *fff*, il y a *a*, il y a *rrr*, il a *mmm*, il y a *a*, il y a *sss*, il y a *i* ! Sept sons ! Donc il doit y avoir sept lettres.

Nous devons faire observer ici à nos jeunes lecteurs que Georges se trompait en disant que le mot pharmacie contenait sept *sons*. Il n'en contient en réalité que trois, soit deux fois le son *a* et une fois le son *i*. On ne peut appeler *son* ce que l'on entend quand on prononce une consonne isolée comme *f*, par exemple. Qu'on prononce cette consonne *ef* ou *ffe*, comme la prononçait Georges, on doit toujours avoir recours, pour parvenir à l'articuler, à la voyelle *e*. Il n'y a en effet que les voyelles qui donnent des *sons*. Néanmoins, nous croyons être compris quand nous montrons Georges trouvant sept sons dans *pharmacie*. En prolongeant indéfiniment la prononciation du mot, il arrivait à se rendre compte de la différence existant pour l'oreille entre consonnes et voyelles, entre sifflantes, aspirées, labiales, etc, c'est-à-dire entre f, s, r. Pour lui, pauvre enfant ignorant, ces différences faisaient à son esprit, sinon à son oreille, l'effet de *sons*, et il les appelait ainsi. Et les ayant arrêtées et définitivement fixées, du moins il le croyait, il en cherchait la représentation, le portrait, pour ainsi dire, sur la copie du mot qu'il étudiait. N'était-ce pas ingénieux, et Georges ne méritait-il pas de réussir ?

Il ne réussit pourtant pas pour *laboratoire*, où l'on pense bien qu'il ne pouvait pas trouver *pharmacie*.

Quand il eût bien compté et recompté ses « sons », continuons à user de ce mot en attendant que les grammairiens en inventent un autre plus exact, il compta les lettres de *laboratoire*.

Horreur ! *Laboratoire* avait onze lettres.

— Je me serai trompé, pensa Georges.

Et il recommença

— Le son Ff..... le son a..... le son rr..... etc., ça ne fait pourtant que sept sons ! ! !

Hélas ! le pauvre enfant ne savait pas ce que c'est que la langue française !

Voyant ses efforts infructueux sur son premier mot, il se tourna vers le second.

D'après sa méthode de décomposition, *Restaurant* offrait sept sons également : Rr... ai... ss... tt... o... rr... an.

Et cependant le mot avait dix lettres ! ! !

Georges, au grand effroi de sa tante, se cogna le front à grands coups de poings.

— Mais tu vas te tuer, malheureux enfant ! s'écria-t-elle. Laisse donc tous ces grimoires qui te font perdre la tête et va te coucher, je t'en prie !...

— Non, répondit l'enfant avec obstination, je veux apprendre à lire, et j'apprendrai.

— Mais tu ne peux pas apprendre tout seul !

— Il y a des gens qui l'ont fait.

Rien ne put le faire démordre. Quand Mme Lagneau eut fini ses sacs, elle se coucha et déclara à Georges qu'elle allait souffler la lampe.

— Souffle ! fit bravement Georges, il fait clair de lune, je travaillerai sur le rebord de la fenêtre.

Et il travailla jusqu'au moment où le sommeil l'envahissant lui laissa à peine la force de gagner le mauvais lit qu'il partageait avec Joseph.

Dès son réveil, son idée lui revint, et de tout le jour encore, elle ne l'abandonna pas.

Seulement, sa persévérance fut récompensée, car le soir, il connut quatre lettres.

Et cela, parce qu'attribuant sa déconvenue de la

veille au choix de mots trop longs et trop difficiles, il eut la bonne inspiration de copier simplement sur la devanture d'un café le mot : café.

Les quatre sons qu'il trouva dans ce mot concordèrent à merveille avec les quatre lettres.

Georges fut enchanté. Dorénavant, il avait un point de repère.

En étudiant son alphabet, il reconnut bien vite ses quatre lettres, d'autant mieux que par une heureuse coïncidence, le propriétaire du café avait fait peindre son enseigne en caractères romains ou d'imprimerie. Georges, qui ne connaissait encore que ceux-là, eut sa tâche facilitée pour cette fois.

En revanche, l'habitude qu'il prit de ne jamais relever que des enseignes lui causa bien du désagrément. Fort innocemment, il copiait n'importe laquelle, et se trouvait plus d'une fois en présence de lettres de fantaisie qui ne figuraient point sur son alphabet.

Puis ce furent les diphtongues, les sons composés, accentués, etc., qui lui donnèrent de la tablature.

Que de poignées de cheveux il s'arracha avant de parvenir à ce haut degré de science qui consiste à ne pas ignorer que *é, ez, er, et, ée*, se prononcent *é ;* que *ai, est, è, é, es, aie, ait, aid, ais, ix, et,* se prononcent d'une seule et même façon ; qu'il y a des lettres qui ne se prononcent pas ; qu'il y en a qui se mettent malignement deux ou trois pour ne faire qu'un son, etc., etc., etc.

Cent fois il eut la tentation de renoncer.

Cent fois la pensée de son frère vint lui rendre la persévérance qu'il sentait prête à défaillir.

Et il persévéra.

Du reste, il ne fût jamais parvenu, sans doute, au but qu'il rêvait d'atteindre, sans une circonstance fortuite et d'ailleurs éminemment banale.

Il quitta la maison dans laquelle il travaillait pour entrer dans une autre.

Là, il se trouva en compagnie de vingt ou vingt-cinq jeunes apprentis et commissionnaires à qui le soir, une fois les magasins fermés, un vieux comptable faisait la classe. Les cours étaient d'ailleurs facultatifs.

On pense si Georges fut assidu à ces soirées, du reste rendues fort attrayantes par un poêle ronflant et des lectures à haute voix.

Au bout de trois mois, il lisait couramment l'imprimerie et l'écriture.

Il aurait bien voulu apprendre à écrire, mais le vieux comptable n'avait pas le temps, et du reste les directeurs de l'établissement n'avaient pas prévu dans la fondation de leurs classes du soir autre chose que des leçons de lecture.

De même, il fut impossible à Georges de faire accepter son frère comme apprenti dans la maison. Il était trop jeune : on ne prenait que des enfants de treize ans révolus.

Enfin, ce qui était acquis était toujours acquis.

Georges savait lire.

Dès qu'il se sentit bien en possession de ce premier degré de science, il résolut de le mettre à profit et de commencer l'éducation de son frère.

Il était temps. Joseph avait près de onze ans. C'est l'âge où les enfants et principalement les garçons, commencent à jouir d'une surabondance de vie qui se traduit généralement, hélas, par toutes sortes d'écarts et la complète justification du proverbe : Plus on grandit, plus on devient vaurien.

Les fils de Mme Lagneau, décidément émancipés, ne le prouvaient bien que trop.

Fort heureusement, Joseph était d'une nature un peu apathique. Ses escapades ne l'entraînaient jamais bien loin. De plus, la sincère affection qu'il éprouvait pour son frère le retenait, comme aussi la crainte de chagriner la pauvre bonne tante Lagneau, qui souffrait bien assez déjà du fait de ses gredins d'enfants.

Il accueillit donc assez docilement la signification que lui fit Georges d'avoir à cesser de suivre ses cou-

sins pour demeurer auprès de la tante et utiliser les
longues heures de loisir de la journée, soit en aidant
Mme Lagneau, soit en repassant les leçons de lecture
qu'il prendrait le soir.

Et la nouvelle vie commença.

Chaque soir, en rentrant du magasin, Georges
montrait ses lettres à son frère, lui répétant avec une
inaltérable patience : Ceci est un *a*, cela, c'est un *z*...
Et toutes les fois que, fidèle à la tradition, l'enfant
s'obstinait à demander à son professeur improvisé :
« Pourquoi ceci ? pourquoi cela ? », Georges s'ingé-
niait à trouver des explications satisfaisantes. Mais
pour une fois qu'il donnait la bonne réponse, combien
d'autres fois ne se trouvait-il pas à court, le pauvret,
et ne devait-il pas se contenter de répondre : « Parce
que ». Néanmoins, l'élève et le maître s'entendaient
fort bien, et si les progrès de Joseph n'étaient pas des
plus sensibles, son frère ne songeait certes pas à en
rendre sa mauvaise volonté responsable. Il avait bien
assez de s'en prendre à sa propre insuffisance, et de
maudire son impuissance à acquérir la science complète qu'il eût voulu posséder pour la transmettre à
son frère. Il connut l'insomnie, le pauvre Georges,
l'insomnie inquiète et désespérée à la poursuite d'un
inconnu qui vous échappe, d'une lumière qui s'obs-
tine à ne pas briller, d'un pourquoi qui s'entête à
demeurer introuvable.

Mais il ne connut jamais le découragement.

Sur ces entrefaites, Mme Moucheux perdit la pratique du grainetier qui lui donnait des sacs à faire,
au prix de treize centimes l'un.

Force lui fut de chercher de l'ouvrage ailleurs pour
occuper ses soirées et boucher la brèche faite par
ce contre-temps dans le modeste budget de la maisonnée.

En attendant, par mesure d'économie, elle n'alluma
plus la lampe à essence que le temps strictement
nécessaire et l'éteignit sitôt le repas du soir fini.

Les enfants la rallumaient quand ils rentraient se coucher.

— Comment ferons-nous pour prendre notre leçon, Joseph et moi, objecta Georges.

— Va sur l'escalier, répondit sa tante en soufflant le lumignon, il y a le gaz jusqu'à neuf heures passées.

Georges se résigna à transporter la salle d'études sur le palier, sans se douter que cette modification à ses habitudes aurait sur sa destinée et sur d'autres destinées encore une influence des plus heureuses.

Il resta penché un bon quart d'heure.

CHAPITRE SIXIEME

ETTE influence se manifesta sous les traits de M. Eugène, le célibataire énigmatique et solennel du septième étage.

Un soir qu'il rentrait plus tôt que de coutume, il trouva Georges donnant sa leçon à Joseph sur le palier.

Il regarda les enfants d'un air surpris, mais passa sans rien leur dire.

Le lendemain, il remonta chez lui à la même heure, et comme il revit les deux garçonnets à leur place, penchés sur leur alphabet, il marmotta entre ses dents :

— Curieux ! curieux !

Les enfants ne se dérangèrent pas pour lui, du reste.

S'ils éprouvaient en sa présence une certaine vénération superstitieuse qui s'adressait beaucoup plus à sa grande redingote noire boutonnée jusqu'au menton qu'à toute autre chose, ce sentiment n'était en aucune façon doublé d'antipathie. Tant s'en fallait. Il n'y avait pas dans la maison un enfant qui ne se fît un plaisir de dire bonjour à M. Eugène ou de lui demander l'heure dans l'escalier.

Le troisième jour, ayant encore trouvé Georges et son frère en train d'épeler b, a, ba, sur le palier du sixième, il resta penché un bon quart d'heure sur la rampe de son escalier, écoutant de toutes ses oreilles.

Et le quatrième jour, arrivé près des deux petits travailleurs, il se campa devant eux.

— Petit, fit-il en empoignant le menton de Georges dans ses doigts osseux, qu'est-ce que tu fais donc là ?

— J'apprends à lire à mon frère, monsieur, répondit simplement Georges.

M. Eugène, perdant toute solennité, s'accroupit sur le palier.

— Dis donc, fit-il, sais-tu que tu as entrepris là un bien gros ouvrage ?

Georges rougit, prenant cela pour une raillerie. Cependant, M. Eugène était loin d'avoir l'air farouche.

— Je sais bien que je ne suis pas bien savant, répondit-il avec un gros soupir, mais ça ne fait rien, j'essaye tout de même d'apprendre à Joseph... Quand il saura lire, au moins, s'il ne trouve pas encore à se placer comme apprenti, il pourra se distraire à la maison et n'ira pas vagabonder avec les petits... avec les mauvais gars du quartier. Et ça lui servira plus tard.

M. Eugène, qui était porteur d'une grande barbe, grommela quelque chose d'attendri dedans, et secoua vigoureusement le menton de Georges.

— Et apprend-il bien, ton frère ? demanda-t-il.

— Oh oui, monsieur ! Il sait que ça me fait plaisir, alors il s'applique tant qu'il peut...

Ce fut au tour du menton de Joseph d'être empoigné et mis en branle.

— Eh bien, petit, reprit M. Eugène, sais-tu ce qu'il faudra faire dorénavant ? Il faudra venir tous les soirs chez moi à cette heure-ci. J'ai des livres, des cahiers, des atlas, des images, oh oui ! j'en ai. Jusqu'ici, ils ne m'ont pas encore appris le secret d'être heureux, mais on peut s'en servir tout de même pour faire le bien. Viens donc chez moi. Je t'apprendrai à écrire, à calculer. Je t'apprendrai l'histoire, la géographie, je t'apprendrai ce que tu voudras, et plus vite, et bien mieux que tu ne l'apprendrais dans les collèges d'où l'on m'a exclu comme un rêveur, comme un fou. Viens, mon petit. Tu es digne de réussir, et ton frère en est digne comme toi s'il suffit pour arriver d'avoir la conscience droite et le cœur bon. A demain, je t'attends avec Joseph.

Il enleva de terre les deux garçonnets suffoqués de surprise et de joie, les embrassa sur les deux joues, puis, boutonnant le dernier bouton de sa redingote qui s'était défait dans un geste un peu ample de son propriétaire, il monta sans se retourner ses dix-huit marches. Arrivé devant sa porte, il cria derechef :

— A demain !!!

— A demain !!! répondit Georges sans trop savoir ce qu'il disait.

Et ramassant crayons et papiers, il se précipita suivi de Joseph, dans la chambre de Mme Lagneau.

— Tante ! tante ! cria-t-il sans se préoccuper de réveiller tout le monde, M. Eugène m'a dit de monter chez lui tous les soirs, il a des livres, des cahiers, il apprendra toutes sortes de choses à Joseph et à moi aussi, l'histoire, la géographie, le calcul, l'écriture, tout ! Oh ! tante ! que je suis content !

— Est-ce que tu es fou ! lui répondirent quatre voix hargneuses. Il y a bien là de quoi réveiller toute sa famille !

— Si vous ne rentriez pas vous coucher si tard, vous n'auriez pas tant sommeil, riposta vertement Georges.

— As-tu fini ? cria l'aîné des garçons. Vas-tu te mettre à nous faire la leçon, à c't'heure ? Tu sais, ça ne prendrait pas, mon petit.......

— Ça serait malheureux que ça prenne, appuya aigrement une des fillettes.

— Va-t-en à l'église, si tu veux prêcher !

Georges voulut répliquer, mais sa voix fut couverte par un quadruple cri :

— Laisse-nous tranquilles !

Mme Lagneau dut intervenir.

— Tas de polissons ! dit-elle du fond de son lit,

Georges a plus que vous le droit de parler, vu que c'est lui qui vous nourrit. N'empêche qu'il faut nous laisser dormir, Georges. Tu nous raconteras ça demain. Si j'étais toi, plus souvent que je réveillerais du joli peuple comme tes cousins, pour me faire envoyer un paquet de sottises........

— Faudrait peut-être qu'on lui tienne la chandelle pour se coucher ! cria Louise. Ah ! ben, alors........,

Mme Lagneau, à qui la voix de crécelle de sa fille aînée causait d'intolérables déchirements d'oreille, se leva furieuse et la menaça de lui caresser les reins de la bonne sorte. La drôlesse, qui ne se sentait pas, étant dans son lit, en mesure de se défendre, n'osa pas répliquer et le calme se rétablit.

Le lendemain, avant de partir pour le magasin, Georges recommença son récit, mais alors d'une manière plus intelligible.

Ses cousins, mis de bonne humeur par une tasse de café au lait, l'écoutèrent avec une sorte de complaisance, et Louise, sans rancune, lui dit :

— Tu as de la chance, toi, de trouver comme ça des gens qui te font étudier pour le plaisir......

— Si tu veux, fit chaleureusement Georges, M. Eugène se fera un plaisir de te donner les mêmes leçons qu'à nous et je te ferai répéter le soir, avant de monter chez lui.

La donzelle lui rit au nez.

— Nigaud ! va, dit-elle.

Et elle sortit en pirouettant sur les talons de ses frères.

Elle n'avait pas neuf ans, et elle était déjà perverse jusqu'au fond.

Elle et sa sœur quémandaient des fleurs au marché Notre-Dame, aux Halles, partout où il s'en vend, et formaient de ce qu'elles parvenaient à se faire donner des bouquets qu'elles vendaient ensuite aux promeneurs, les importunant, les taonnant jusqu'à ce qu'ils eussent lâché un sou ou deux, qui se convertissaient immédiatement en friandises.

Les garçons, eux, fréquentaient les abords des théâtres et des cafés. Ils ouvraient les portières, ramassaient les bouts de cigares, récoltaient des contremarques et les revendaient à vil prix. Parfois, ils se joignaient aux ravageurs de dessous les ponts. Tout leur gain s'en allait en tabac, en liqueurs à deux sous le verre, on juge quelles liqueurs !

Une fois, c'était quinze jours environ après la mémorable soirée dont nous avons fait plus haut le récit, Georges et Joseph trouvèrent, en descendant de chez M. Eugène, Michel ivre-mort sur le palier. Jacques et Louise l'avaient monté à grand peine et se demandaient piteusement comment faire pour rentrer sans éveiller l'attention de leur mère. Jeanne, qui avait de l'esprit comme un démon et l'employait à mal faire, leur suggéra l'idée d'attendre la rentrée de Georges. On rentrerait tous ensemble, et comme la lumière serait certainement éteinte, la mère n'y verrait que du feu.

Seulement, le malheur voulut que, ce soir-là, Mme Lagneau se trouvât avoir de l'ouvrage.

Quand les enfants rentrèrent, elle travaillait auprès de sa lampe.

On a beau être vaurien, on n'en éprouve pas moins, quand on a de douze à huit ans, une certaine crainte des claques.

A l'aspect de leur mère encore debout, Jacques, Louise et Jeanne se mirent à pleurnicher en arrondissant le dos, tandis que Georges, la figure contractée de dégoût et de chagrin, poussait Michel inanimé dans la chambre.

Mme Lagneau crut son fils mort. Elle eut une grande secousse. Georges la rassura d'un mot, et la colère la prenant alors, elle saisit un pot d'eau et en lança violemment le contenu à la figure de Michel. Le malheureux fit : Ouf ! et laissa retomber sa tête alourdie. Il était abject, ruisselant ainsi, la tignasse ébouriffée, immobile. La pauvre femme eut honte de son premier né, et se mit à sangloter. Pendant ce temps, Georges et Joseph couchaient Michel, et les trois autres, heureux de passer inaperçus, se glissaient sous leurs couvertures en suppliant tout bas leurs cousins de ne pas faire faire attention à eux.

Le lendemain, en revanche, il furent sermonnés d'importance. Mme Lagneau prit un bel accès d'énergie et leur défendit de sortir, sous peine d'une « distribution » en règle. Michel, horriblement malade, ne fit aucune opposition. Quant aux trois autres, ils étaient bien trop contents d'avoir esquivé la râclée sur laquelle ils comptaient la veille pour ne pas faire une concession. D'ailleurs, ils avaient cru démêler dans la voix de leur mère quelque chose de ferme, une résolution à laquelle la pauvre femme avait eu le grand tort de ne pas les accoutumer. Jeanne en fit d'ailleurs l'expérience. Ayant réussi à se glisser dans la rue, elle fut rattrapée, mise sous clef avec deux bonnes gifles et menacée du fouet en cas de récidive. Pendant trois jours, la maisonnée fut tranquille.

Georges, comme sa tante, du reste, se fit illusion sur ce calme.

Il s'imagina que la honte était venue à ses cousins. Il se dit que l'irréflexion naturelle aux enfants allait leur passer après cette leçon, car tout le monde dans la maison connaissait l'aventure de Michel. Il ne comprit pas que la crainte d'être battus les retenait seule, et que s'ils eussent eu l'âge de battre leur mère, ils n'eussent pas mis les pouces comme ils l'avaient fait.

L'idée lui vint alors de leur renouveler l'offre déjà faite de les admettre aux leçons de M. Eugène.

Depuis que Joseph travaillait, il était redevenu complètement le bon petit être doux, aimant et soumis qu'il était autrefois. Pourquoi, se demandait Georges, les quatre enfants de Mme Lagneau ne reviendraient-ils pas eux aussi ? Hélas ! le pauvre garçon ne se figurait pas une triste chose, à savoir que ses cousins et cousines n'avaient pas eu comme Joseph un frère aîné dévoué, vigilant, sage, pour les élever et les guider à leurs débuts dans la vie. Il ne se rendait pas compte de la différence énorme qu'il y avait de ce fait entre son frère et ces quatre petits malheureux, élevés sans suite, sans principes, par une mère faible et un père brutal, ayant tantôt la bride sur le cou, tantôt le boulet au pied, battus un jour pour bien moins qu'ils n'avaient fait la veille sans être corrigés, gâtés une semaine, privés de tout la suivante, avec l'exemple permanent de la débauche, de l'oisiveté, de l'insouciance et de la brutalité sous les yeux.

Rempli d'espoir, il fit part à Mme Lagneau de sa résolution de solliciter l'admission de ses cousins aux leçons de M. Eugène.

La tante, qui se lassait déjà de sa sévérité, lui laissa toute liberté d'agir à sa guise.

— Ça me fera toujours deux heures de moins à les garder, pensa-t-elle.

Georges adressa sa requête au professeur. Elle fut très bien accueillie. Le digne M. Eugène ne demandait qu'à se rendre utile, et la façon dont Georges lui parla de ses cousins, de leur passé, de tout ce qu'il avait dû faire pour eux, l'encouragea à prendre part à ce qu'il ne pouvait considérer que comme une bonne œuvre.

D'accord avec M. Eugène, la première leçon fut fixée à un certain dimanche soir.

Le dimanche soir, il y avait généralement un plat soigné au repas de famille, et cela mettait les quatre vauriens de bonne humeur. Georges comptait là-dessus pour les décider à l'accompagner. Il ne leur en parla pas de toute la fin de la semaine. A son avis, mieux valait attendre le dernier moment.

Dans la soirée du dimanche, il dut s'absenter. Mme Lagneau, de son côté, alla faire un tour avec ses enfants.

Quand Georges revint, il trouva sa tante seule, en compagnie toutefois du petit Joseph, bien entendu.

— Où sont-ils donc ? demanda-t-il inquiet.

Mme Lagneau haussa les épaules.

— Ils ne voulaient pas rentrer, dit-elle : j'ai été

obligée de me fâcher.... Alors, en arrivant, Michel m'a demandé de l'argent pour acheter du tabac... J'ai refusé, comme tu penses. Alors il s'est mis en colère, je l'ai calotté, il a fait un tapage à ameuter tout le quartier, et finalement il est sorti. Les autres l'ont suivi, dame. J'en avais plein le dos, je les ai laissés filer.

Georges fut atterré.

— Tu feras tes excuses à M. Eugène, reprit insouciamment Mme Lagneau. Sans compter que ça ne sera pas trop une grande perte pour lui. Ils l'auraient bien rendu fou, le pauvre brave homme.

CHAPITRE SEPTIÈME

Un mois après, des agents de police ramenaient Jeanne et Louise chez leur mère. Surprises en flagrant délit de vol à l'étalage, elles avaient eu la chance de tomber sur un négociant porteur d'une âme débonnaire, qui n'avait pas voulu porter plainte, et se contentait de les recommander à la sévérité de leurs parents.

Cette fois, Mme Lagneau se montra à la hauteur des circonstances, du moins elle en eut la prétention.

Elle fustigea les deux vauriennes jusqu'au sang, les fit coucher sans souper, fit à leurs frères une scène épouvantable, pleura, cria, et le lendemain, les laissa reprendre la porte.

Elle s'habituait à leurs méfaits.

Les gamines le comprenaient si bien qu'en sortant, Louise dit à Jeanne.

— Tu sais, nous recommencerions que nous n'aurions seulement pas une claque. C'est parce que c'était la première fois que nous avons été si bien secouées.

— Peut-être, fit la petite rouée qui réfléchissait. Seulement, tu sais, faudra tout de même faire attention.

— Ah ! je ne dis pas.

— Un autre pourrait porter plainte.

— Bien sûr.

— Alors, si maman était condamnée à cause de nous, ça pourrait aller mal.

— Hum ! fit Louise qui se souvenait de la verge.

Et elles continuèrent leur chemin, chuchotant, jetant sur les étalages du trottoir des regards obliques.

Elles ne faisaient pas attention à un homme tout de noir vêtu qui les suivait.

Cet homme les quitta place de la Bastille, descendit au bord de la Seine, suivit les quais, les mains dans ses poches, comme un homme qui se promène, et finit par arriver au bout de la Râpée.

Sur le port, des voyous déguenillés flânaient. Toute la journée on en voyait rôder, les mains dans les poches.

Et toutes les nuits il y avait des vols à bord des bateaux ou dans les environs de l'Entrepôt.

La police n'y comprenait rien.

L'homme vêtu de noir s'arrêta. Il examinait les groupes de rôdeurs.

Ses sourcils se froncèrent au bout d'un instant. Il en avait vu deux tout jeunes, des enfants, très entourés, écoutés avec une sorte de respect par de jeunes drôles cependant plus âgés qu'eux.

C'étaient Michel et Jacques Lagneau.

L'homme en noir remonta lentement et se perdit dans les rues étroites des environs de l'Entrepôt.

Une heure environ plus tard, on frappait à la porte du logement de Mme Lagneau.

Celle-ci, qui depuis un certain temps n'avait plus d'ouvrage, et restait chez elle toute la journée, vint ouvrir et demeura très surprise en voyant sur le seuil M. Eugène, plus boutonné que jamais.

Elle se hâta de lui offrir une chaise.

Mais M. Eugène ne s'assit pas. Il examinait l'appartement sans se presser.

Mme Lagneau en fut un peu vexée. Ce n'était pas, mon Dieu, que ce fût sale chez elle, mais il y avait un désordre! Des ustensiles qui traînaient, du linge épars. Et de la poussière, et des balayures dans les coins. Bref, un ménage mal tenu.

— Je vous demande pardon, fit M. Eugène en se

C'étaient Michel et Jacques Lagneau

décidant à s'asseoir. Je vois que votre ménage n'est qu'à moitié fait, je vous dérange.....

— Oh! mon Dieu, répondit assez étourdîment Mme Lagneau, ça peut bien rester comme ça une fois de plus, n'était que pour vous recevoir.....

Et ce disant, elle renouait à la hâte les brides de son bonnet.

M. Eugène l'examinait elle-même, de son regard froid et profond. Elle se sentit très gênée, ayant une robe béante à maint endroit, qu'elle eût bien pu repriser, depuis le temps qu'elle ne faisait rien. Et comme si elle eût lu dans les yeux de M. Eugène la pensée qu'il avait sur elle, elle rougit et toussa pour se donner une contenance.

— Une femme négligente, se disait en effet M. Eugène.

Il s'établit carrément sur sa chaise et reprit :

— Savez-vous, madame, ce que disaient vos filles, tout à l'heure ?

— Non, monsieur, répondit Mme Lagneau.

— Elles complotaient de recommencer ce qu'elles ont fait hier, tout simplement.

Mme Lagneau joignit les mains.

— Je les ai pourtant corrigées comme il faut, dit-elle, je vous le jure, M. Eugène. Si elles ont oublié ce qu'elles ont reçu, il faut qu'elles aient la peau du diable sur les reins.

M. Eugène haussa sans cérémonie les épaules.

— L'aînée disait, reprit-il : « C'est parce que c'était la première fois que nous avons été battues : si nous recommencions, nous n'aurions pas même une claque. » Les enfants se trompent rarement dans ces questions-là, madame. Si donc vos filles sont assurées de l'impunité en cas de récidive, c'est que vous les avez habituées à une déplorable faiblesse.

Mme Lagneau, sans songer à trouver étrange l'attitude de M. Eugène, rougit et toussa derechef.

— Et vos fils, reprit impitoyablement le professeur de Georges, vos fils, devineriez-vous en quelle compagnie je viens de les voir?

— Non, monsieur, murmura la pauvre femme, qui sentait les larmes de la honte lui monter aux yeux.

— En compagnie d'une bande de drôles qui passaient il y a deux mois en police correctionnelle pour vol et sortent ces jours-ci de prison. Je les ai reconnus, ce sont des habitués de la correctionnelle, où je vais de temps à autre passer une heure ou deux. Pas un qui n'ait au moins une condamnation. Eh bien, vos fils étaient au milieu d'eux, il y a quelques instants. Ils parlaient, et l'on semblait les écouter avec beaucoup d'attention. Le conciliabule se tenait quai de la Râpée, à deux pas de Bercy et de l'Entrepôt, vous savez, où il se commet tant de vols depuis quelques jours.

M. Eugène s'arrêta. Mme Lagneau pleurait.

— Vous pouvez pleurer, reprit le professeur, qui ignorait évidemment l'art de ménager son auditoire. Vous pouvez bien pleurer, car certainement, si vos enfants en sont là, il y a bien de votre faute. Je ne conteste pas que votre mari, avec ses mauvais exemples, ses brutalités envers vous, son peu de souci de bien élever ses enfants, n'ait pas la plus lourde part de responsabilité. Mais vous, madame, vous auriez dû, pour combattre cette influence pernicieuse, redoubler de prévoyance et de soins. Que n'avez-vous donné le goût du travail à vos enfants! Que ne les avez-vous habitués, du temps que vous étiez dans l'aisance, à ne pas satisfaire toutes leurs fantaisies! Que ne les avez-vous dressés surtout à une discipline ferme et constante! Vous les corrigiez vertement quand ils en faisaient trop, mais ne leur laissiez-vous pas la liberté de tout faire? Ne leur donniez-vous pas, d'ailleurs, des idées fausses sur le mal et le bien, en laissant plus d'une fois sans punition des méfaits dont ils avaient parfaitement conscience? Leur avez-vous jamais donné un conseil, un avis, un encouragement? Ne les laissiez-vous pas exposés à toutes les

influences mauvaises, en les abandonnant au désœu-
vrement, à la paresse, à la gourmandise? Oh oui!
vous êtes bien coupable! Vous n'avez su, dans l'éducation de vos enfants, que passer au gré de votre ca-
price du moment, de la négligence absolue à la do-
mination despotique, de la faiblesse la plus lâche à
la rigueur outrée. Vous leur avez ainsi faussé le jugement, et vous n'en avez pas moins continué à les
laisser sans défense et sans bride en face de leurs
mauvaises passions et des multiples occasions qu'ils
avaient de les satisfaire. Etonnez-vous qu'ils aient
mal tourné!!!

M. Eugène s'arrêta derechef et boutonna sa redingote. Quant à Mme Lagneau, elle continuait à pleurnicher mollement, avachie sous l'éloquence véhémente
du professeur, et ne songeant pas, tant elle se sentait
écrasée par la vérité, à s'extasier sur la manière à
coup sûr originale dont il s'introduisait dans son
existence. Car nous devons avertir le lecteur que
c'était la première fois qu'il lui parlait depuis qu'elle
habitait la maison.

Elle voulut balbutier quelques mots, cependant.

— Vous n'avez même pas l'excuse de la misère, reprit immédiatement M. Eugène. Vous n'avez jamais
été depuis votre mariage dans ce dénûment complet,
sans espoir, qui pousse aux partis extrêmes et déra-
cine les meilleures résolutions de travail et d'honnêteté. Vous avez toujours eu un morceau de pain et un
toit. Vous auriez pu faire de vos enfants des travailleurs. Vous avez préféré en faire des paresseux.
Les voilà qui deviennent malfaiteurs. C'était fatal.

Complétement anéantie, Mme Lagneau n'essaya
même pas de placer une syllabe.

— Tout n'est peut-être pas perdu, continua M. Eugène.

— Je vous en prie, monsieur, murmura la pauvre
femme, dites-moi ce qu'il faut faire.

— J'attribue l'inconduite de vos enfants à une profonde horreur du travail, devant lequel ils ont tou-

jours vu bouder leurs père et mère, poursuivit le professeur. Ils sont jeunes : peut-être le fond n'est-il pas encore gangréné. Qui sait si leur présenter le travail comme un amusement ne serait pas un moyen de triompher de leur paresse et d'en neutraliser les effets ? Georges leur a-t-il proposé sérieusement de prendre part aux leçons que je donne à vos neveux ?

— Le soir même du jour où il s'était décidé à les amener chez vous, monsieur, — c'était après l'accident de Michel, vous savez, je les avais si bien tancés, qu'ils étaient demeurés sages trois jours, — ce même soir donc, ils ont repris la clef des champs. Le lendemain, Georges a voulu leur en parler, ils se sont moqués de lui et.....

— Et de moi, probablement, fit M. Eugène.

— Oh! monsieur! interrompit Mme Lagneau en rougissant jusqu'à la racine des cheveux, je n'aurais jamais permis.....

— J'en suis convaincu, mais je ne le suis pas moins qu'ils se sont passé cette fois-là comme tant d'autres de votre permission. Et ensuite?...

— Ensuite, ils sont devenus tellement déplaisants, tellement sauvages, que non-seulement Georges n'osait plus leur proposer de les mener chez vous, mais encore qu'il n'osait plus vous parler d'eux.

— Georges a eu tort! s'écria M. Eugène en se levant pour arpenter la chambre à grands pas. Georges a eu tort! Il y a un mois de cela. Je suis et demeurerai persuadé qu'il eût été temps encore. Le fait seul qu'à la suite de ce que vous appelez l'accident de Michel, ils étaient demeurés trois jours dociles et soumis, prouve qu'à ce moment, ils étaient accessibles encore à la honte et à la crainte. Tandis qu'aujourd'hui, la conversation de vos filles complotant de recommencer leurs méfaits au lendemain d'un châtiment rigoureux, et le cynisme de vos fils se mêlant en plein jour sans se soucier d'être vus et reconnus, à des voleurs notoires, à des gens sans aveu, prouvent que ces deux sentiments, la honte et la crainte, n'ont plus d'action sur eux et seraient impuissants à les retenir. Je tremble qu'il ne soit trop tard.

Il y eut un instant de silence. M. Eugène réfléchissait, et Mme Lagneau continuait de s'éponger les yeux.

— Essayons néanmoins, reprit le professeur. Ce soir, quand vos enfants rentreront, parlez-leur sans colère, sans dureté, ni menaces, de l'offre que je leur fais. Dites-leur que vous connaissez leurs fréquentations, leurs velléités mauvaises, sans leur apprendre que je les ai suivis et surveillés. Déclarez-leur, avec mesure et douceur, je vous le répète, mais avec fermeté, que vous ne voulez pas les laisser aller plus avant dans cette voie. Mettez-leur sous les yeux la différence qui sépare le sort du travailleur honnête et le sort du batteur de pavé qui vit de vol et de débauche. Suppliez-les, s'il le faut, de choisir comme il faut qu'ils choisissent. Ce n'est pas s'abaisser pour une mère, que de supplier ses enfants. Si vous les décidez, je suis à votre service pour les instruire. Je leur rendrai agréables les débuts d'ordinaire si arides ; je leur ferai de l'étude une attrayante distraction. Qu'ils consentent à commencer, je réponds de leur persévérance. Evitez de leur citer l'exemple de Georges : ils le jalousent, il les humilie par sa bonne conduite, l'effet produit serait funeste. Parlez-leur plutôt de Joseph, dites-leur combien il est plus heureux maintenant qu'au temps où il les suivait..... Enfin, inspirez-vous de votre instinct maternel. Et hâtez-vous. Le mal va vite, très vite. S'il est temps encore aujourd'hui, demain il peut être trop tard.

Et là-dessus, sans dire bonjour ni bonsoir, ainsi qu'il était entré, du reste, M. Eugène sortit, roide et boutonné jusqu'au menton.

Mme Lagneau réfléchit une bonne demi-heure, ce qui ne lui était peut-être jamais arrivé de sa vie.

La conclusion de ces réflexions fut cette phrase :

— Est-il original, ce pauvre M. Eugène! C'est égal, je crois qu'il a raison.

Pour s'éviter de la peine, Mme Lagneau jugea bon de se conformer aux conseils de M. Eugène, en ce qui concernait le discours à faire à ses enfants, et sans trop savoir ce que c'était que l'instinct maternel dont le professeur lui avait parlé, elle se reposa complétement sur cet instinct du soin de l'inspirer le moment venu.

Les circonstances la favorisèrent.

Michel avait gagné trente-trois sous au bouchon, dans sa journée, et rentra de fort bonne humeur.

Louise et Jeanne avaient trouvé le moyen de se faire donner deux francs par un vieux monsieur « pour leur pauvre mère malade » et s'étaient bourrées de berlingots. Aussi ne se tenaient-elles pas de joie.

Jacques était, pour son malheur, le miroir et l'écho de son frère. Ce que Michel accepterait, il l'accepterait bien aussi.

Le dîner fut soigné plus que de coutume, pas assez cependant pour que les enfants s'aperçussent d'un extra et se méfiassent de quelque chose.

Mme Lagneau, comme toutes les femmes, savait être diplomate quand elle le voulait.

Franchement, M. Eugène eût été satisfait de la manière dont elle s'y prit pour aborder la question.

Une phrase incidemment jetée par Louise, au sujet d'un colifichet quelconque qui lui avait fait envie, fournit une entrée en matière à souhait.

— Tâche au moins de ne pas le voler, lui dit sa mère.

Et la gamine ayant répondu par un hochement de tête accompagné d'une pantomime expressive qui fit rire tout le monde, Mme Lagneau reprit :

— Il ne s'agit pas seulement d'éviter le fouet, ma pauvre Louison. C'est, en somme, de ton avenir qu'il s'agit. Si tu prenais l'habitude de voler, tu te ferais arrêter à la fin, mettre en prison, envoyer dans une maison de correction. Et quand tu serais pour apprendre à travailler, qui est-ce qui voudrait de toi, connaissant ta mauvaise réputation ?...

Ici Mme Lagneau jeta un regard circulaire sur son auditoire.

Les fourchettes restaient en l'air et les bouches entr'ouvertes.

Apprendre à travailler ?

Avait-on bien entendu ?...

— Mais oui, reprit la mère.

Et, tout d'une haleine, elle débita son homélie.

L'inspiration ne lui fit pas défaut.

Elle trouva même des arguments imprévus, des mots frappants, des images saisissantes, tels qu'on n'en peut trouver qu'à condition d'être plein de son sujet.

Aussi, contre l'ordinaire, elle fut écoutée d'un bout à l'autre sans une seule interruption.

Ce demi-succès la perdit.

Elle crut son auditoire gagné, elle crut la conviction faite dans l'esprit de ses quatre chenapans.

Au lieu de terminer par une déclaration modérée, mais nette et ferme, que telle était *sa volonté*, elle clôtura son discours par un : « Dites, mes chéris, que vous voulez bien ? » qui fit entrevoir aux jeunes drôles la véritable situation.

Persuadés jusqu'à ce moment qu'ils se trouvaient en présence d'une sorte de révolution domestique, à la suite de laquelle leur mère allait ressaisir l'autorité qu'elle avait si rarement exercée, ils comprirent que bien loin de là, on leur faisait une proposition, qu'on leur adressait presque une prière.

La pensée leur vint alors, à tous les quatre en même temps, d'exploiter la chose.

Et Michel répondit d'un air capable :

— Ça dépend !.....

Il alluma une cigarette.

— Faudra voir, reprit-il.

Louise et lui échangèrent un regard.

— On trouverait de suite à gagner ses quelques sous pour le tabac,..... continua Michel.

— Ou pour s'entretenir, miaula Louise.

— On pourrait voir, achevèrent-ils en duo.

Mme Lagneau n'eut pas la bonne inspiration de répondre à ces deux morveux :

— Tu n'as pas besoin, à ton âge, de fumer, ni toi de faire toilette.

Mais, sans se donner la peine de calculer sa réponse et sans voir qu'elle pouvait reprendre à ce moment ses avantages, elle répondit :

— Que veux-tu gagner, à douze ans, mon pauvre Michel. Et toi, Louise, qui en a neuf à peine ?

— Mais nous gagnons ! s'écrièrent-ils tous quatre.

— A preuve ! fit Michel.

Et il tira de sa poche une poignée de sous et de pièces blanches.

A la vue de cette monnaie qui aurait tant fait de bien à son misérable budget, car depuis qu'elle n'avait plus d'ouvrage, le bien-être relatif dont elle avait un moment joui disparaissait, et la veille encore, elle avait dû porter des effets au Mont-de-Piété pour payer le terme ; à la vue de cet argent que son fils allait faire passer en tabac et en liqueurs, une colère émoustilla les nerfs de Mme Lagneau.

— Oui ! fit-elle, tu gagnes, on sait bien à quoi faire, par exemple ! Si tu crois que je ne sais pas ce que tu vaux. Tu ne vaux pas mieux que ta sœur, que les agents me ramenaient hier.

A cette sortie, les garnements opposèrent un calme inaltérable.

— Ça, fit Michel, c'est des bêtises. Les petites ont volé, elles ont eu leur paquet pour la peine, possible qu'elles aient envie de recommencer. Quant à moi, innocent comme l'agneau qui vient de naître, quoi qu'en aient pu dire les mouchards.......

Et il accompagna cette déclaration solennelle d'un regard vipérin à l'adresse de Georges.

— Crapaud ! cria sa mère impatientée par l'effronterie de Michel et par l'accusation lancée contre Georges, tiens ta langue et n'insulte pas qui vaut mieux que toi. Si je sais ce que je sais, c'est pas Georges qui me l'a dit. Georges ne perd pas son temps à fréquenter tous les mauvais gars de Bercy.....

— De quoi? Bercy? on m'a vu à Bercy? ricana Michel avec aplomb. Et puis après?

— Oui, on t'a vu à Bercy, reprit Mme Lagneau qui s'énervait et s'excitait rien qu'à s'entendre parler, oui, on t'a vu avec des gens que tu ne devrais pas connaître, avec des voyous, des garnements qui ont passé en justice. Dis voir un peu le contraire !.....

— Pour sûr, que je le dis ? riposta Michel avec emportement. En voilà une querelle d'Allemand ! On peut donc pas avoir seulement vingt sous dans sa poche sans être soupçonné par sa mère, maintenant ? Si c'est pas des malheurs !

— Oh ! oui, cria Mme Lagneau, c'est des malheurs de penser qu'il entre peut-être de l'argent volé dans la maison !

— Dans la maison ? Pas tant que ça. Il n'est pas encore sorti de ma poche, mon argent. Et il n'en sortira pas de sitôt, puisque c'est comme ça.....

— Oh ! tu n'as pas besoin de le dire, va ! continua Mme Lagneau complètement exaltée, perdant de vue le but qu'elle se proposait en commençant pour ne plus se rappeler que les méfaits de ses enfants. Je le sais bien, que tu ne lâcherais pas un sou pour ta mère ? Tu aimes mieux fumer, tu aimes mieux boire, tu aimes mieux t'amuser, pardi ! Tant pis si je me serre le ventre, moi, hein?

— T'es pas encore morte de faim, pourtant, ricana cyniquement Michel. T'aurais pas la langue si bien pendue, d'abord.....

Pour le coup, Mme Lagneau s'emporta. Ah ! c'était comme ça ! Ah ! Monsieur attendrait que sa mère mourût de faim pour lui jeter deux sous ! Ah ! il fallait en arriver là pour avoir le droit de compter sur lui ! Eh bien, c'était du propre ! De jolis monstres qu'elle avait pour enfants ! Mais, par exemple, s'ils s'imaginaient que ça pourrait durer comme ça, ils se trompaient ! Elle en avait assez de les nourrir à ne rien faire, que du mal ! Tout le monde se plaignait d'eux, dans la maison et ailleurs. Elle en avait assez de les engraisser pour qu'ils la remerciassent en se faisant ramasser par la police, en revenant ivres-morts, en faisant les cinq cent mille coups ! Elle avait bien du temps de reste de s'inquiéter d'une vermine pareille ! Qu'ils travaillassent ou non, elle s'en moquait pas mal, pourvu qu'on lui laissât la paix, et qu'elle n'eût pas à répondre pour eux s'ils faisaient du dégât ou même pis ! Ils pouvaient bien aller se faire pendre où ils voudraient, seulement, il ne fallait plus compter sur elle ! Etc., etc., etc.....

On juge si la partie était perdue.

Après cette sortie, Mme Lagneau, selon son habitude, tomba sur une chaise et pleura comme une Madeleine.

Quand elle fut un peu calmée, elle se rappela ce qui s'était passé et tressaillit.

— Qu'est-ce que j'ai fait ! mon Dieu ! se dit-elle.

Et elle chercha ses enfants du regard.

Ils avaient disparu.

— Georges ! Georges ! appela-t-elle.

— Ma tante ! répondit l'enfant en s'approchant.

— Où sont-ils ? demanda anxieusement la pauvre femme.

— Ils sont partis, répondit tristement Georges.

— Partis ! s'écria Mme Lagneau en se redressant brusquement pour jeter un regard sur la pendule.

Il était dix heures du soir, heure à laquelle, jusqu'alors, il avait été rare que les enfants ne fussent pas rentrés.

Elle et Georges se regardèrent un instant.

— J'ai fait tout ce que j'ai pu, reprit Georges. Ils étaient très montés, surtout Michel et Louise. Ils disaient comme cela : « C'est pas la peine de mettre les pouces pour être insultés ! On écoute bien gentiment

le sermon, on promet quasiment de se ranger, et on at
trape un paquet ! Ah ! mais non, n'en faut plus.....» Et
puis Louise a repris : « D'ailleurs, du moment que nous
gagnons tout à l'heure et que nous ne gagnerions rien
en atelier, à quoi bon changer ? — On n'est pas voleurs
de profession, a dit Michel. — On peut bien trouver
son tabac et son petit verre sans s'échiner le tempérament chez un patron et sans se brouiller avec la
Rousse. — Moi, je fais des affaires avec une bouquetière qui me donne des commissions. — Et moi je fri-
cote avec un type qui vend des billets de théâtre moins
cher qu'au bureau. — Bien sûr qu'on peut se suffire. —
Eh bien, si maman n'est pas contente, elle se conten-
tera ! »

Ici Georges, honteux, s'arrêta.

— Et puis après ? fit Mme Lagneau.

— Après, j'ai voulu leur recommencer ce que vous
leur aviez dit, mais ils ne m'ont pas laissé parler.
Michel m'a interrompu en me disant de me mêler de
ce qui me regardait, que je n'étais pas leur maître,
que s'ils aimaient mieux gagner leur vie en bricolant
plutôt que d'une autre façon, c'était leur affaire et que
je n'avais pas le droit de les en empêcher. Ils m'ont
menacé de ne plus remettre les pieds à la maison si
je les empêchais de sortir... alors je ne vous ai pas
appelée quand ils sont partis. Ils disaient comme cela
qu'ils étaient attendus.

Mme Lagneau tressaillit. Attendus ? Qui pouvait attendre ses fils et ses filles à dix heures du soir ? Elle
eut le pressentiment atroce que les malheureux enfants
devaient être enrôlés dans quelqu'une de ces bandes de
malfaiteurs et de vagabonds organisées par des entre-
preneurs de vol et de mendicité, comme il s'en rencontre tant à Paris, qui vivent grassement, dans une
prudente obscurité, du produit du «travail» de leurs
« employés. » Elle se figura ses filles employées par
la bouquetière dont Louise avait parlé à des missions
inavouables, ses fils lancés pour faire le mouchoir, à
la faveur des attroupements, dans les quartiers popu-

leux. Elle les vit embrigadés dans des troupes de faux infirmes, de faux nécessiteux, dressés à toutes les ruses de la paresse et du vice, et elle se souvint qu'elle avait des droits sur eux. Elle se leva.

— Où allez-vous, tante ? lui demanda Georges inquiet.

— Je vais au bureau de police signaler leur départ et demander qu'on ait l'œil sur eux, répondit-elle. Qu'on les mette en prison s'il le faut, mais que je ne les voie pas un jour en cour d'assises.

C'était son idée du moment. Elle était capable de passer la nuit à la recherche de ses enfants. Georges ne comprit pas très bien, dans son inexpérience encore très grande, pourquoi sa tante parlait de cour d'assises à propos de ses enfants et voulait les signaler à la police, mais il la laissa néanmoins partir et demeura seul avec Joseph.

Mme Lagneau ne rentra qu'à minuit.

— J'ai donné leur signalement, fit-elle, j'ai répété ce que tu m'as dit ce soir. On les surveillera, et si on les trouve, on me les ramènera..... Parce que, vois-tu, Georges, ajouta la pauvre femme en éclatant en sanglots, j'ai quelque chose qui me dit que je ne les reverrai pas de sitôt à la maison.....

CHAPITRE HUITIEME

Les pressentiments de Mme Lagneau se réalisè-
rent. Les jours, les semaines et les mois
passèrent, et les quatre mauvais sujets ne
reparurent pas.

A la police, on répondait aux incessantes questions
de la pauvre femme désolée :

— Vos enfants n'ont été signalés nulle part !...

Paris est si grand, et l'on peut si bien s'y cacher.

Qui disait, d'ailleurs, que les petits Lagneau fussent
restés à Paris?

Pour les gens que Mme Lagneau consultait, cela ne
faisait pas l'ombre d'un doute. Ses enfants, enrôlés
par un chef quelconque, devaient avoir été dirigés
sur la province ou l'étranger, afin de dépister les recherches. Il y en avait plus de quatre pour tout Paris
dans ce cas-là.

Et bien des personnes souhaitaient à la malheureuse
qu'elle ne retrouvât jamais ses enfants.

Elle-même, au bout d'un certain temps, finit par
redouter, tout en le désirant, le jour qui les lui ramè-
nerait, si ce jour devait jamais luire.

Elle se rendait compte enfin de ce qu'ils étaient,
elle reconnaissait ses illusions.

Ce qu'elle avait attribué à l'étourderie de leur âge
n'avait jamais été autre chose qu'une précoce perver-
sité.

Les mauvaises rencontres avaient fait le reste, et depuis l'incarcération de leur père, les petits Lagneau,
frères et sœurs, comptaient dans les rangs de cette in-

nombrable armée du mal qui vit à Paris et de Paris, habitant les souterrains et les hôtels tapageurs, les bouges et les premier donnant sur la rue, hantant les assommoirs borgnes et les cabinets particuliers du boulevard, portant souquenille immonde, habit noir ou robe de soie, comprenant vieillards à barbe blanche et gamins au-dessous de l'âge de raison.

Telle devait être, telle était la vérité. Mme Lagneau le comprenait, trop tard. Et, ce qui n'était pas fait pour diminuer son chagrin, elle se disait qu'avec plus de vigilance de sa part, le mal eût pu être conjuré.

Cette constatation, cette découverte plutôt, lui porta un rude coup.

Sa santé déjà frêle s'affaiblit sensiblement. Le peu d'énergie qui lui restait disparut. Elle vécut dès lors dans des idées noires. Quand Georges essayait de la consoler, elle lui répondait :

— Sois tranquille, je n'en ai pas pour longtemps.

Elle s'affaissait littéralement sous le chagrin. Devenue incapable de travailler, elle ne fut plus qu'une charge pour ses neveux.

La misère revint.

Les dettes, accumulées peu à peu, crevèrent un beau jour en pluie de saisies et d'huissiers.

Il fallut abandonner la maison Ducoudray.

Georges conservait heureusement du travail, et comme il se faisait grand, gagnait un peu plus en se fatiguant moins. Mais il ne s'en fallait pas moins de beaucoup qu'on pût joindre les deux bouts, en se logeant sous les toits, en vivant de pain et d'eau.

Puis, la maladie s'en mêla.

Mme Lagneau prit un beau matin le lit. Le médecin diagnostiqua gravement un épuisement général, et prescrivit sans broncher du bon vin, du poulet, etc., etc.

Georges affolé courut chez M. Eugène, qui continuait à lui donner des leçons.

Ils couchèrent dans des terrains vagues

Le professeur soupira, vendit une collection de livres rares, et Mme Lagneau put se tirer d'affaire.

Mais l'hiver suivant, elle eut une fluxion de poitrine, et demeura valétudinaire.

Et M. Eugène ne put cette fois vendre ses livres, il ne lui restait plus que des volumes sans valeur.

Pour comble, Joseph tomba malade à son tour, épuisé dans la période si critique de la croissance par les privations de toutes sortes.

Georges pensa devenir fou.

Pour ne pas abandonner son frère, il dut renoncer à tout travail au dehors.

Il copiait des manuscrits que lui procurait M. Eugène.

Ce labeur ingrat et fatigant faillit lui faire perdre la vue, et ne l'empêcha pas de voir, un matin de novembre, les derniers objets saisissables emportés par les huissiers pour indemniser le propriétaire, qui les jetait à la porte.

Comment vécurent-ils durant l'hiver 1878-1879 ? Comme vivent les malheureux : en souffrant atrocement sans pouvoir mourir.

Jusqu'au printemps, ils couchèrent dans des terrains vagues, entre des piles de planches, sous les ponts, dans des maisons démolies, dans des bâtisses en construction.

Le jour, Georges travaillait à ce qu'il pouvait. Son frère et Mme Lagneau, à peine couverts, n'osaient se montrer, et passaient les longues heures froides et mornes dans la première cachette venue, dans une cave, sous un hangar, au fond d'un bateau, quitte à se faire arrêter et mener au Dépôt. Si Georges avait assez le soir, on se réfugiait dans un garni à neuf sous la nuit. Mais de telles bonnes fortunes étaient bien rares.

M. Eugène avait quitté Belleville, et sa trace n'avait pu être retrouvée.

Au printemps, l'enlèvement des boues et neiges fondues apporta du travail à Georges.

Il put espérer donner sous peu un gîte et des vêtements à sa tante et à son frère.

Pour Joseph, il n'était que temps.

Pour Mme Lagneau, il était déjà trop tard.

Au mois de mars 1879, elle s'alita pour tout de bon,
crachant le sang et tremblant la fièvre.

Une mauvaise nouvelle hâta sa fin.

Lagneau, qui n'avait plus que quelques mois de
prison à faire, était mort d'un chaud et froid.

La pauvre femme, qui avait les illusions tenaces,
perdit en apprenant la mort de son mari son dernier
espoir.

Elle s'était figuré le voir revenir auprès d'elle, cor-
rigé, repentant. Elle comptait qu'il se remettrait au
travail et la tirerait de la misère. Son idée fixe était
de manger chaud tous les jours, et elle répétait de
temps à autre, entre deux expectorations de sang :

— Quand Lagneau sera là !...

La nouvelle, qu'on lui apporta sans ménagements,
lui donna un redoublement de fièvre. Huit jours plus
tard, elle n'existait plus.

Deuxième Partie

CHAPITRE PREMIER

Eh bien, Georges, et cette grève ?

— Finie, monsieur Eugène, finie complétement. Mes camarades ont eu le bon sens de reconnaître que tout ce qu'ils gagneraient à quitter les ateliers serait de crever de faim, et ils ont déclaré qu'ils reprendraient le travail. Alors le patron a consenti une augmentation de huit centimes l'heure, et tout le monde est content.

— Tout va bien, alors ! Dis donc, le patron ne sera pas sans te savoir gré de la tournure qu'ont prise les affaires, car tu dois bien être pour quelque chose dans l'amendement de ses ouvriers.

— Dame, monsieur Eugène, j'ai tâché de leur faire comprendre ce que vous m'avez fait comprendre autrefois, à savoir qu'on ne peut pas vivre sans travailler.....

Ceci se passait au mois de décembre 1880.

Depuis la mort de sa tante, Georges Moucheux, placé sous la tutelle de M. Eugène, à qui le hasard avait appris la triste fin de Mme Lagneau et qui s'était empressé de réclamer les enfants désormais sans famille, Georges, disons-nous, travaillait avec son frère dans un grand atelier de reliure et brochage. Le petit Joseph, un grand garçon de seize ans, promettait de devenir un excellent ouvrier.

Quant à Georges, il gagnait largement de quoi se
suffire et entretenir son frère.

Son instruction, son esprit d'ordre et de discipline,
sa probité scrupuleuse, son intelligence et sa modestie,
lui avaient valu d'être promptement distingué de ses
camarades et pourvu d'une position supérieure. Il
était, à dix-neuf ans, le second dans un atelier de
soixante hommes. Sa charge consistait à tenir les re-
gistres d'entrée et de sortie des ouvrages donnés à la
reliure, à préparer les étiquettes pour les envois, à
dresser le bordereau des ouvriers travaillant à leurs
pièces, à surveiller les expéditions de travaux livrables,
à répondre, au besoin, à des clients, à prendre note de
leurs recommandations. Le chef d'atelier, lui, vieil
ouvrier, dirigeait le travail au point de vue technique
et veillait à la discipline. Mais si l'autorité se trouvait
entre ses mains, son influence était loin d'égaler celle
de Georges, dont l'affabilité, la simplicité, avaient gagné toutes les sympahies, en même temps que son
instruction et la maturité précoce de son esprit lui
attiraient une considération générale. Ceux-là même
qui le jalousaient et le détestaient précisément pour la
supériorité qu'ils ne pouvaient pas ne pas lui reconnaître, n'osaient pas manifester ouvertement leur antipathie. Du reste, c'était à peine s'il y en avait quatre ou cinq comme cela dans l'atelier. Et comme ils
n'ignoraient pas que sur le terrain même du travail
manuel, Georges eût été de taille à leur en remontrer,
ils s'abstenaient prudemment de le chicaner sur sa
prompte élévation. Le chef d'atelier ne l'eût point to-
léré, d'abord, et la persuasion dans laquelle on était
que Georges finirait par remplacer le gérant de la maison achevait de les rendre circonspects.

Joseph, lui, disait tout le premier qu'il n'ambition-
nait rien au-dessus de la parfaite connaissance de son
métier. D'une intelligence beaucoup moins vive que
son frère, il n'avait pu acquérir aux leçons de M. Eugène autant de connaissances, et surtout, quand ces
leçons s'étaient trouvées interrompues, sa mémoire ne

s'était pas montrée aussi fidèle. Il s'annonçait comme
capable de devenir un ouvrier d'adresse et de goût,
mais d'ores et déjà, M. Eugène avait prévenu Georges
qu'il n'eût pas à compter sur autre chose pour son frère.

— La position brillante que tu rêvais pour lui, disait le professeur, ce sera toi qui l'auras, si Dieu te
vient en aide, et s'il est vrai qu'il suffise pour arriver
d'être intelligent et travailleur. Ne le regrette pas
d'ailleurs pour Joseph, mon enfant. Peut-être bien
sera-t-il plus heureux que toi en restant plus obscur.

Georges lui répondait alors qu'il n'était pas ambi-
tieux. Que rêvait-il? Un foyer, le pain de la vieillesse
assuré par un travail constant, et rien autre chose.
Quant au travail lui-même, peu lui importait qu'il fût
humble ou brillant. Il avait trop souffert pour n'être
pas fixé sur les réels avantages de la vie. Alors M. Eugène le félicitait de sa sagesse, et s'en allait tout heureux à son travail.

Car il avait, lui aussi, trouvé du travail, M. Eugène.
Il corrigeait, à deux cent cinquante francs par mois,
s'il vous plaît, les épreuves d'ouvrages scientifiques et
juridiques que le patron de Georges imprimait, car la
maison se composait d'une imprimerie-lithographie et
des ateliers de reliure.

C'était le pain assuré, avec quelque chose dessus.

Et ce changement heureux dans sa vie avait complètement modifié le caractère de M. Eugène.

De misanthrope impitoyable pour les faiblesses hu-
maines, les routines, les lenteurs du progrès, il était
devenu compatissant à tous ces maux inévitables de la
société.

Lui qui, pour avoir médité, du temps qu'il était
professeur de rhétorique, un bouleversement complet
des méthodes universitaires, et pour avoir attaqué
d'une plume trop ardente les sommités de l'enseignement, n'avait pu se maintenir dans l'Université,
savez-vous à quoi il passait son temps libre? A com-
poser de petites méthodes pour l'enseignement de
la lecture aux enfants des écoles primaires. Ce n'était

pas prétentieux, cela, mais c'était pratique, et le patron de la maison, M. Lechevallier, s'en rendait si bien compte, qu'il en avait promis l'impression gratuite à M. Eugène, et comptait bien lui obtenir le ruban d'Officier d'Académie, pour lui faire une surprise.

La misère n'avait pas été le seul stimulant auquel M. Eugène avait obéi en cherchant du travail.

Au moment où il s'y attendait le moins, il lui était tombé du ciel la charge d'un enfant, une adorable fillette d'une douzaine d'années.

Cette enfant était la fille d'une sœur de M. Eugène, laquelle était morte au fond d'une province reculée à force de travail et de privations.

Bien qu'il fût en termes assez froids avec sa sœur depuis son départ pour Paris, M. Eugène s'était senti plus seul au monde en apprenant la mort de celle qui composait toute sa famille. Et pour combler ce vide, il avait résolu de se charger de sa nièce.

Sans savoir comment il s'y prendrait pour faire face à ses engagements, il avait promis de pourvoir à l'éducation de Madeleine — c'était le nom de la fillette — et de remplir vis à vis d'elle tous les devoirs que la loi impose aux tuteurs.

C'était peut-être bien une folie, mais il y avait dans le cœur de cet homme de cinquante ans un tel besoin d'affection, une telle haine de la solitude, qu'il eût pris à sa charge vingt neveux et nièces s'il les avait eus.

En attendant la réponse du maire de la petite ville où sa sœur était morte, il avait cherché dans tout Paris, du travail, un gagne-pain. Il ne voulait pas, bien que Georges fût disposé à travailler pour quatre comme pour trois, lui mettre sa nièce sur les bras. Georges, depuis six mois déjà chez son patron et qui commençait à sentir qu'on l'estimait, eut une de ces audaces qui lui étaient familières.

Il alla trouver le patron, lui parla de M. Eugène, lui dit ce que son frère et lui lui devaient, le mit au courant de son généreux projet et de son embarras, et sollicita carrément, sinon du travail dans la maison,

Cette enfant était la fille d'une sœur de M. Eugène

du moins une protection active. M. Lechevallier,
bourru à faire peur à un hérisson, possédait un bon
cœur et des millions dont il savait faire profiter le pauvre. Il prit pour faire un travail dont jusqu'alors il
s'était lui-même acquitté le digne M. Eugène. Misanthrope et bourru s'entendirent à merveille, et notre
professeur finit par acquérir une bonne position dans
la maison. Sa nièce, ne pouvant habiter chez lui avec
les deux jeunes gens, passait l'année, avec une bourse
due aux excellentes leçons de son oncle, dans un établissement d'instruction secondaire où l'on apprenait
plus d'arithmétique et de cuisine que de maintien et de
piano. Pendant les vacances, elle venait tenir compagnie à la fille de M. Lechevallier, et retournait coucher le soir à la pension.

Et quand on disait à M. Eugène :

— Qu'est-ce que vous allez faire de cette jeune fille,
quand elle aura seize ou dix-sept ans ? Vous ne pourrez pas plus qu'aujourd'hui et même encore moins
la prendre chez vous ?

Le professeur se frottait les mains et répondait :

— Je trouverai bien moyen de tout concilier.

En attendant, tout marchait comme sur des roulet-
tes. Aîné d'orphelins, Georges n'avait rien à craindre
du tirage au sort, et d'ailleurs Joseph déclarait que,
la loi l'autorisant à s'engager à dix-sept ans, il devan-
cerait l'appel par un engagement volontaire s'il le fallait, pour éviter à Georges un changement de position
qui pourrait être préjudiciable. C'était d'ailleurs affaire
de mots, car il n'y avait pas à redouter de changement
aussi radical dans la loi.

La grève dont il est question au début de ce chapitre fut en grande partie l'œuvre des jaloux de Georges, et celui-ci contribua pour la plus forte part à calmer le mécontentement des ouvriers.

Ainsi que l'espérait M. Eugène, Georges fut digne-
ment récompensé de son excellente attitude. Son trai-
tement fut augmenté, et la gérance lui fut promise
pour un avenir prochain : le temps d'apprendre la

comptabilité, de se faire au mouvement de la maison et de s'initier aux mystères de l'imprimerie.

— A vingt-cinq ans, tu seras marié, père de famille et gérant de la maison Lechevallier, lui dit M. Eugène.

— Marié ! fit Georges en riant. Alors vous me doterez ?

— Peut-être bien, répondit le professeur.

CHAPITRE DEUXIÈME

Au milieu de cette félicité bien gagnée, un souvenir plein d'amertume poursuivait Georges : celui de ses malheureux cousins.

Certes, il savait bien que jamais les quatre drôles ne l'avaient aimé, que jamais ils ne lui avaient eu la moindre reconnaissance pour les avoir nourris de son travail. Néanmoins, dans son cœur si généreux et si bon, il y avait un regret intense de n'avoir pu triompher de leurs mauvais instincts et les amener par le travail au bonheur dont Joseph et lui jouissaient maintenant.

A cela se mêlait une inquiétude malheureusement trop justifiée.

Qu'étaient-ils devenus ? Avaient-ils fini par renoncer à leurs mauvaises habitudes, par chercher de l'ouvrage, par en trouver ?

Hélas ! Georges comprenait bien que ce n'était guère probable. Il redoutait plutôt tout le contraire.

Quelquefois il en parlait avec M. Eugène. Le professeur commençait par lui répondre :

— A ta place, je ne me préoccuperais guère de ces quatre garnements.

Mais Georges se récriait, alléguait qu'en somme leur mère était la sœur de son père à lui, et parti sur ce thème-là, développait si bien les regrets et les espérances de son cœur aimant et bon, que M. Eugène, pour le consoler, finissait toujours par lui déclarer que rien n'était moins impossible que de les voir revenir au bien.

— Je ne dis pas, lui répondit Georges un jour, mais si personne ne les y aide, ils n'y parviendront jamais. Et qui peut les aider, sinon nous?

Le professeur leva les bras au ciel.

— Y songes-tu ! s'écria-t-il.

— J'y songe et j'y ai songé très sérieusement, reprit Georges. Ecoutez-moi, mon père — depuis qu'ils vivaient ensemble, il donnait ce nom à M. Eugène — Après avoir désespéré non seulement d'être heureux, mais presque de vivre, je me trouve dans une position qui me donne l'aisance pour le présent et m'assure l'avenir. La protection de la Providence est visible, et je croirais être ingrat envers elle, je croirais manquer à mon devoir d'homme, si je ne me servais des moyens qu'elle m'envoie pour faire le bien. Et je vous le demande, ai-je mieux à faire que de chercher à sauver du vice et du crime peut-être, les êtres qui me tiennent par les liens du sang?

M. Eugène, ému, passa sa main sur la chevelure bouclée de Georges.

— Tu as raison, toujours raison, fit-il. Mon expérience doublée de scepticisme ne tient pas devant une parole de toi, parce que c'est toujours ton cœur qui parle par ta bouche. Mais comment faire ? Depuis quatre ans, comment, où retrouver leurs traces ?

— Mon père, répondit tristement Georges, à la mort de ma pauvre tante, ses enfants n'ont pas paru. C'est signe qu'à ce moment déjà.....

— Je te comprends, fit M. Eugène. Mais raison de plus. Tu ne veux pas que je fouille un à un tous les repaires de Paris?

— Et la préfecture? observa Georges.

M. Eugène hocha la tête. Il comprenait très bien la nécessité d'agir, mais en même temps il se sentait on ne peut plus perplexe. Il l'avait dit, son expérience se doublait d'une bonne dose de scepticisme, et dans son for intérieur, il se demandait si sa peine ne serait pas peine perdue. Néanmoins, comme il avait l'habitude de faire un peu tout ce que voulait Georges, il répondit:

— C'est bon, j'irai à la préfecture... A qui diable faudra-t-il que je m'adresse pour ça?

Georges réfléchit un instant.

— Remarquez, fit-il, que nous n'avons aucunement besoin de mettre la préfecture dans la confidence et de lui demander son aide. Au contraire, cela nous nuirait. Nous n'avons en somme, ni vous ni moi, aucun droit sur mes cousins. Si donc vous obteniez qu'on vous les confie, ce serait en quelque sorte par autorité de justice qu'ils viendraient à nous, et plus que probablement, en effet, ce seraient les agents qui nous les amèneraient. Cela seul suffirait à les rendre rebelles à toute tentative de régénération. Il suffira donc de demander à la préfecture, si l'on sait où ils sont. Ce sera moi, leur parent, qui le demanderai. J'établirai ma parenté, je laisserai croire que j'ignore absolument leur passé, je donnerai à entendre qu'il s'agit d'intérêts matériels à régler avec eux...... Si la préfecture a sur eux quelques indices et qu'elle me les donne, nous agirons ensuite de notre côté, sans le concours de personne, autant que possible, du moins.

— Tu parles d'or, interrompit le professeur, mais si nous apprenons à la préfecture que tes maudits cousins sont à Carpentras ou à Landerneau.,. Est-ce qu'on sait! Des gamins comme ça ne naviguent pas seuls, ils ont certainement dû suivre d'autres vauriens plus âgés...

— Mon père, ne voit-on pas quotidiennement sur les journaux: *Recherches dans l'intérêt des familles...* Eh bien, nous nous adresserons aux autorités de Carpentras ou de Landerneau, qui feront faire annonces et recherches pour nous aussi bien que pour tout le monde.

— Et s'ils sont à l'étranger?

— Nous écrirons aux consuls.

— Et si l'on ne sait rien sur eux?

— Nous demanderons qu'on prenne note de notre

démarche pour nous aviser ultérieurement des indices qui pourraient être recueillis.

— Bravo ! parfait ! s'écria M. Eugène. Tu as réponse à tout. C'est singulier, autrefois, quand j'étais dans la misère, je n'avais pas mon pareil pour me débrouiller. Maintenant que je suis heureux, car je le suis comme un roi, je me laisse vivre sans préoccupations et je deviens tout simplement bon à rien. Toi, c'est tout le contraire. Plus tu grandis, plus ton intelligence et ta raison deviennent vives et fortes. Il est vrai qu'à ton âge.....

— Et j'espère bien qu'il en sera toujours ainsi, fit Georges en riant. Mon père, demain nous irons à la préfecture.

Le lendemain, il en fut ce que George avait décidé.

Mais, comme le craignait le professeur, on ne put les renseigner que d'une manière très insuffisante.

A partir de novembre 1877, leur trace était perdue.

Etaient-ils à Paris, en province, à l'étranger, on l'ignorait absolument.

Tout ce que l'on savait, c'était que le dernier *meg* pour le compte duquel les quatre enfants, transformés pour la circonstance en Italiens, avait couru les foires avec la harpe au dos, à la date susmentionnée, avait quitté Paris le printemps suivant, seul, et y était revenu en compagnie d'un jeune homme de 17 à 18 ans en octobre 1879. Il se nommait Ortoli.

Georges risqua sur cet Ortoli quelques questions.

— C'était un assez brave homme, lui fut-il répondu. Pas de condamnations, toujours en règle, assez humain pour les enfants, mais exigeant d'eux un travail sérieux et ne les laissant pas vagabonder à leur aise.

Le cœur de Georges se serra.

— C'est pour cela qu'ils l'ont quitté, pensa-t-il.

Et il n'osa pas pousser l'information plus loin.

— Eh bien ? lui demanda le professeur quand ils se retrouvèrent seuls.

— Eh bien, mon père, il faut retrouver Ortoli, répondit Georges.

— Hein ! s'écria le professeur.

— Sans doute. Lui seul peut nous dire dans quelles circonstances mes cousins l'ont quitté. Ce sera le point de départ de toutes nos recherches.

— Compris, fit M. Eugène. Eh bien, nous retrouverons Ortoli. Ils n'ont pas son adresse à la préfecture ?

— Non. Sans doute il n'a pas repris son ancien métier. Nous irons à la maison où il demeurait en novembre 1877.

— Où cela ?

— 115, rue Marcadet, à Montmartre.

M. Eugène fit la grimace.

Il aimait beaucoup son gentil petit logement des Batignolles, et la pensée de le quitter, de n'y pas rentrer plutôt à son heure, pour aller courir les vilaines rues de la butte, lui était souverainement désagréable.

CHAPITRE TROISIÈME

QUAND on n'est pas de vocation policière, quand on dispose d'un jour par semaine, de quatre heures par jour ouvrier, et qu'il faut avec cela découvrir un vieil Italien dont on ignore le domicile à la Préfecture, ce n'est pas besogne aisée.

Aussi ne surprendrons-nous pas beaucoup nos lecteurs en leur disant qu'au mois de mai 1881, six mois après les événements que nous rapportons dans le précédent chapitre, Ortoli n'était pas retrouvé.

Au nᵒ 115 de la rue Marcadet, on avait pris M. Eugène et sa redingote pour un agent de la sûreté. Très mal reçu, le brave homme n'avait pu obtenir que des renseignements sommaires. Quand il était revenu à la charge, espérant à force de patience tirer quelques éclaircissements de plus, la maison avait changé de propriétaire ou du moins de prête-nom, et le nouveau bonhomme à qui le professeur s'adressa répondait invariablement : « Un tel, connais pas. Je suis nouveau, j'arrive de Fontainebleau, je ne connais pas l'ancienne clientèle. »

De guerre lasse, M. Eugène avait pris le parti d'arrêter tous les joueurs d'accordéon qu'il rencontrait pour leur demander Ortoli. Quelques-uns lui donnèrent de vagues indications qui n'aboutirent à rien. La plupart ne répondirent pas ou feignirent l'ignorance, par méfiance envers la redingote boutonnée de M. Eugène. Il y en eut qui prirent un malin plaisir à mystifier le

pauvre professeur en lui donnant des adresses inouïes.
Une fois, il alla de Monceaux à la gare de Vincennes
à pied, par un temps affreux, en cinquante minutes,
ne voulant pas perdre de temps à attendre les omni-
bus toujours complets. Il faillit en tomber malade,
bien entendu pour ne trouver en fait d'Ortoli qu'un
petit vieux à moitié idiot qui se fâcha quand le professeur voulut lui poser des questions.

Georges, de son côté, ne perdait aucune occasion
de se renseigner. Il s'était lié avec l'officier de paix de
son quartier, brave et digne père de famille à qui
l'on pouvait confier bien des choses, et l'excellent
homme lui apportait tout ce qu'il pouvait de renseignements et d'aide matériel. Plus d'une fois, grâce à
lui, Georges se crut sur une piste. Il acquit même
un jour la certitude qu'Ortoli était à Paris. M. Eugène,
lancé en campagne, faillit le retrouver deux fois, le
manqua, retrouva la piste, la perdit derechef, et revint définitivement bredouille. L'officier de paix s'en
mêla et n'arriva qu'à apprendre le départ d'Ortoli
pour la province avec une bande de saltimbanques.
On suivit leurs traces jusqu'à Lunéville, puis on les
perdit tout à fait sans avoir pu jamais savoir à temps
à quel garde-champêtre télégraphier pour se mettre
en rapports avec Ortoli.

Forcément, les recherches éprouvèrent un temps
d'arrêt.

Sur ces entrefaites, les chaleurs étaient venues.

M. Lechevallier voulut en profiter pour faire un
voyage d'agrément.

Il dit un jour à M. Eugène.

— Nous vous enlevons votre nièce pour l'été.
Jeanne ne peut se séparer d'elle. A mon départ, je
confierai la gérance temporaire de · la maison au
doyen des employés, avec Georges comme bras
droit.

— Oh ! monsieur ! fit avec un élan de reconnaissance le digne professeur, qui savait bien que d'après
les traditions de la maison, confier à Georges l'emploi

de factotum en l'absence du patron était le désigner comme futur gérant de l'entreprise.

— Ce sont ses galons d'officier, fit gaiement M. Lechevallier. Quant à vous, père Eugène, il faut que vous me rendiez un service.

— Un service, fit M. Eugène en écarquillant de grands yeux.

— Eh ! mon Dieu, oui. Voilà ce dont il s'agit. Pendant mon absence, je désire que ma villa de Sèvres ait un autre gardien que le jardinier. Vous déplairait-il d'y aller élire domicile pour cette saison avec vos pupilles, j'allais dire vos enfants...

M. Eugène objecta le travail, le service...

— Justement, fit M. Lechevallier, je songe à me priver de vos services dans la maison...

Pour le coup, M. Eugène resta bouche bée.

— Vous êtes fait, reprit M. Lechevallier, pour corriger des épreuves comme moi pour danser sur la corde. Alors, comme je compte fonder à l'automne prochain une école d'enseignement secondaire professionnel à Sèvres, j'ai pensé que vous consentiriez peut-être à en prendre la direction. Vous vous occuperiez plus spécialement des études littéraires et scientifiques, et pour le côté professionnel, vous auriez sous vos ordres des professeurs spéciaux. Georges vous donnera un coup de main pour l'administration, et cela marchera tout seul. Cinq cents francs par mois, le logement, l'eau, le gaz... cela vous va-t-il, père Eugène ?

Le « père Eugène » se leva.

— Monsieur, fit-il en empoignant les deux mains de M. Lechevallier, les gens qui disent du mal des patrons sont des sauvages, et s'ils devenaient patrons à leur tour, on verrait bien s'ils auraient aussi bon cœur que vous.

A l'automne suivant, l'école s'ouvrit.

M. Eugène fit un discours d'entrée dont on parle encore à Sèvres.

Cinquante élèves, de douze à seize ans, remplissaient les classes et les ateliers. Une vraie ruche joyeuse et bourdonnante. Le digne professeur était rajeuni de dix ans.

Quant à Georges, que M. Lechevallier avait pris pour son secrétaire particulier en même temps qu'il donnait à sa maison une extension considérable, la position la plus brillante s'offrait à lui. La gérance lui était assurée.

Joseph, qui décidément regrettait de n'avoir pas donné un coup de collier sur l'alphabet et les quatre règles en se voyant condamné à demeurer ouvrier quand son frère devenait pour ainsi dire commerçant et industriel, était allé trouver M. Eugène pour lui demander de le « pousser » Et M. Eugène, qui connaissait ses aptitudes, le « poussait » sur les langues vivantes et le droit commercial.

—Tu ne détestes pas les voyages, disait-il. Eh bien, un jour venant, il faut que tu puisses représenter la maison à l'étranger...

CHAPITRE QUATRIÈME

Un soir, Georges revenait de surveiller la mise en route d'un ballot de livres et brochures à destination d'une grande librairie de province.

Le temps était doux, bien qu'on fût en novembre. Rien de pressé n'appelait Georges à Sèvres ou à la maison, il alluma une cigarette et suivit en flânant les quais de la Seine.

Aux abords du Pont-Neuf, il fut arrêté par un attroupement, sur lequel arrivaient lentement, les mains derrière le dos, quelques agents de police.

La cause de ce rassemblement lui parut d'abord des plus vulgaires. Il s'agissait de deux voyous qui s'étaient pris de querelle et vidaient leur différend à coups de poings.

La police ayant été signalée, les rangs des badauds s'écartèrent pour favoriser la fuite des deux jeunes drôles, qui se séparèrent en se promettant de se retrouver à un endroit « où il n'y aurait pas de témoins » et prirent leur course dans des sens différents.

L'un d'eux passa tout près de Georges.

Celui-ci eut un haut-le-corps de surprise.

Il venait de reconnaître Michel Lagneau.

Oh ! il ne s'était pas trompé. C'était bien lui.

Le parti de Georges fut pris de suite.

Puisqu'il avait quelques heures de loisir, il les emploierait à rejoindre son cousin, et coûte que coûte, à causer sérieusement avec lui.

Il eut un geste de méfiance

Georges n'avait jamais mis le pied dans un cabaret, et n'était jamais entré dans un café que poussé par le désir très légitime de satisfaire la soif ou de combattre le froid qui le prenaient pendant ses courses.

Mais à ce moment, il était décidé, s'il le fallait, à s'installer dans le premier cabaret borgne venu.

Derrière Michel, il courut plutôt qu'il ne marcha.

Le vagabond s'engageait dans le dédale de rues étroites qui courent de la rue des Saints-Pères au boulevard Saint-Michel.

Il avait déjà franchi ce boulevard et gagné le haut de la rue Saint-Jacques quand Georges le rattrapa.

— Michel ! appela-t-il.

Avec un soubresaut, Michel se retourna.

En voyant s'avancer vers lui ce jeune homme mis avec une certaine élégance, il eut un geste de méfiance et fit quelques pas en arrière.

— Tu me reconnais donc pas, intervint son cousin. Rappelle-toi donc Georges...

Michel le regarda en dessous et le reconnut sans doute, car il répondit.

— Te voilà devenu un beau monsieur. Ah ! ah !...

Il y avait de l'admiration dans sa voix, et il promenait sur le costume cependant simple et la chaîne de montre de Georges des regards peu équivoques. Georges sourit tristement. C'est que lui aussi venait d'inspecter d'un coup d'œil l'extérieur de son cousin, et sur sa figure, sur ses vêtements, il n'avait relevé que les stigmates de la paresse et du vice. Il soupira.

— Sais-tu un endroit convenable où nous pourrions causer sans être dérangés ? reprit-il au bout d'un instant.

Michel hésita. Il se rendait compte du mauvais effet que son attitude et sa mise étaient capables de produire dans un établissement « convenable », et, par une sorte de pudeur instinctive, il répondit :

— Nous pouvons aller vers le Panthéon. Y a pas grand monde, à cette heure-ci...

— Soit, fit Georges qui ne demandait pas mieux.

Ils descendirent ensemble jusqu'au pied du Panthéon.

Michel reprit la parole le premier.

— Qu'est-ce que tu me veux donc ? demanda-t-il sans regarder Georges.

— Je veux te demander, répondit doucement le jeune homme, ce que tu es devenu, toi, ton frère et les deux petites, depuis que vous avez quitté la maison, il y a cinq ans. Vous avez dû être bien malheureux.

Michel haussa les épaules.

— On y est fait, répondit-il négligemment.

Et il ajouta :

— J'aime encore mieux ça que de m'abrutir dans un atelier.

Georges fut déconcerté par ce cynisme. Il avait cru toucher Michel en lui faisant le tableau de sa propre misère, mais voilà que le mauvais sujet le voyait venir et lui coupait la parole dès les premiers mots.

Il hasarda néanmoins quelques autres questions.

Michel y répondait évasivement, avec des réticences, des gouailleries, des sous-entendus d'enfant du ruisseau qui laissaient Georges sans réplique.

De guerre lasse, n'ayant en somme rien appris du passé de ses cousins ni de leur présent, il essaya d'un autre moyen.

— Tu sais que ta mère est morte, fit-il brusquement.

Michel cracha à dix pas devant lui.

— Je sais bien, fit-il.

Georges faillit lui tourner le dos et le quitter, mais il se contint.

— Elle est morte de misère, reprit-il d'une voix tremblante d'indignation. Pendant tout l'hiver 78-79, nous avons vécu dehors, Dieu sait comment, et il y avait du temps que ça durait, il y avait deux ans. Nous avons failli y rester tous les trois. Ta mère ne pouvait plus travailler. Depuis que vous aviez quitté

la maison, elle n'avait plus de force. Ça lui avait
porté un coup... on peut dire que c'est ça qui l'a
tuée...

Il attendit. Michel se mit à siffloter.

— C'est ça ou autre chose, dit-il enfin. Nous
n'étions plus à sa charge, toujours. Comment ça se
fait-il que toi qu'étais si malin, tu n'aies pas pu con-
tinuer à faire bouillir la marmite, une fois nous partis?... C'est-y que tu aurais voulu t'amuser, toi aussi,
saint Georges?

Georges contint la verte riposte qu'il avait sur les
lèvres et reprit :

— Non. Moi, j'ai fait ce que j'ai pu. Seulement, on
avait fait des dettes du temps que vous étiez à la
maison. Et quand on a vu qu'au lieu d'apprendre à
travailler, afin de venir plus tard en aide à votre
mère, vous vous conduisiez mal et quittiez la maison,
on s'est dit que jamais ni votre mère ni moi ne suffi-
rions à gagner assez pour vivre et payer nos dettes...
Et on nous a jetés dehors, ce qu'on n'aurait peut-être
pas fait si on avait pu compter sur vous.

La voix de Georges avait pris malgré lui un accent
de sévérité qui déplut à Michel.

— As-tu fini ! s'écria-t-il. Dis donc tout de suite
que c'est nous la cause si papa s'est fait coffrer,
aussi? A-t-on jamais vu ! Du temps que tu parles,
nous avions dans les douze ans, est-ce que nous pou-
vions gagner notre vie, espèce de serin?

— L'argent ne te manquait cependant pas, répliqua
Georges. Et sans vouloir me poser en modèle, je
n'ai pas attendu mes douze ans, moi, pour gagner
mon pain et celui de mon frère. Et du temps dont
je parle, je n'avais jamais que quatorze ans. D'ailleurs,
ce n'est pas cela que je te reproche. Je te reproche
d'avoir fait tant de chagrin à ta pauvre mère, qu'elle
a perdu la santé et presque l'intelligence. Si tu
t'étais bien conduit, si ton frère et tes sœurs
s'étaient montrés autres qu'ils n'étaient, cela lui
eût donné du courage, et l'on s'en fût tiré. Au

lieu de cela, elle a cessé de travailler, elle est tombée malade, la misère est venue, et elle en est morte. Je ne dis pas que ce soit entièrement de votre faute ; mais il me semble que vous avez bien dans son malheur votre part de responsabilité.

Michel s'était arrêté, posé de trois quarts, pour écouter parler Georges. Les mains dans ses poches, il avait un air mauvais. Quand son cousin eût fini, il reprit à son tour :

— Tout ça, c'est des mots, et rien que des mots. Il ne faut pas avoir pour deux sous de sens commun pour reprocher à des enfants d'avoir fait mourir leur mère de faim. Où veux-tu en venir avec tes discours ? J'aime pas la morale, moi. Si tu as trouvé le moyen de me faire gagner dix francs par jour, parle. Je t'écoute. Sinon, tu sais, vlà la rue Saint-Jacques. Moi je demeure au fond de Montrouge, c'est pas du tout du même côté.

Et il fit mine de tourner le dos.

D'un pas, Georges se trouva près de lui.

— Michel, reprit-il, écoute-moi quelques minutes, je t'en supplie. Tout à l'heure, j'ai eu tort de te parler comme je l'ai fait, j'en conviens. Le passé est le passé, tu n'étais qu'un enfant, qu'il n'en soit plus question. Mais c'est pour le présent que je voudrais te voir suivre mes... mes encouragements. Tu prétends que tu es fait à la vie de misère et d'aventures que tu mènes. Cela t'empêcherait-il de trouver une autre existence préférable ? N'aimerais-tu pas mieux avoir le vivre et le couvert assurés, une mise décente, un extérieur convenable ? Ne serais-tu pas heureux de savoir qu'en te voyant passer, on dise : « C'est un brave ouvrier qui va à son travail », au lieu de dire : « Qu'est-ce que c'est que ce vagabond-là ? » Et puis enfin, je ne voudrais pas te fâcher, Michel, mais voyons, franchement, est-ce que ta conscience ne serait pas plus à l'aise et...

Michel avait écouté avec une certaine attention. A

ce mot de *conscience*, prononcé par Georges avec une certaine hésitation, il baissa la tête, et quelque chose comme une vague expression de regret passa dans ses yeux. Et il murmura :

— Il est trop tard...

Georges eut un serrement de cœur. Il comprenait. Son malheureux cousin ne s'était pas borné à vivre de vagabondage et de ces mille métiers qui, pour être équivoques, ne sont pas absolument contraires aux lois de l'honnêteté. Il avait été plus loin, il avait franchi le Rubicon du vol, du crime peut-être...

— Michel, reprit-il néanmoins, je ne veux pas te demander ce que signifie cette parole. Je te donne ma parole que le secret de cette entrevue sera fidèlement gardé. Mais laisse-moi te supplier une dernière fois de renoncer à... à ton genre de vie.

— Mais comment veux-tu que je fasse ! s'écria Michel avec une rage concentrée.

— Travaille, répondit Georges.

Michel le regarda fixement.

— Travailler ? fit-il. Et des papiers ? Et des certificats ? Et un métier ? Je ne suis plus à l'âge où l'on apprend. Travailler comme homme de peine ? S'échiner pour ne rien gagner ?... Tu es bon, toi. Et puis... non, encore une fois, je te dis qu'il est trop tard. Je voudrais, que je ne pourrais pas.

— Fais-toi soldat, hasarda Georges.

Michel éclata de rire.

— Armée d'Afrique, gouailla-t-il. Merci bien, ne vous dérangez pas. J'sors d'en prendre. Si tu n'as que ça à me proposer...

— Je ne peux cependant pas t'offrir dès le commencement une position brillante, fit Georges découragé.

— Alors ce n'est pas la peine de me parler de quoi que ce soit, répliqua brutalement Michel. A quoi sert tout ce bagou ? Mets que je n'existe plus, et voilà tout...

Il eut un geste violent. A ce moment, un appel retentit à l'autre bout de la place. Une sorte de piiouit éraillé, sortant du gosier d'on ne savait trop quel être, gnôme ou sorcière...

Michel se retourna vivement.

— Piiiouit !!! répondit-il à son tour.

Et se retournant vers Georges.

— Je me sauve, fit-il. Adieu. Tu n'es tout de même pas un mauvais garçon. Je m'en souviendrai.

Et il prit sa course vers la rue Clovis.

— Où vas-tu ! s'écria Georges en s'élançant à sa poursuite.

Mais il s'arrêta, effrayé.

Michel s'était retourné. Il eut un geste d'une telle violence, que Georges sentit ses pieds se clouer au sol.

Le visage de son cousin était bouleversé par une contraction effrayante. Et le mouvement de son bras, tendu comme pour empêcher Georges d'avancer, était le geste désespéré du misérable conscient de sa dégradation, qui veut qu'on l'y laisse seul avec lui-même et trace à l'honnête homme qui s'approche une infranchissable ligne de séparation. Orgueil infernal ou honte ? Les deux peut-être.

Malgré lui, Georges recula.

Alors son cousin lui jeta d'une voix rauque ce mot :

— Adieu !

Et il disparut à toute course derrière l'ombre énorme du Panthéon.

CHAPITRE CINQUIÈME

Nous demandons au lecteur la permission d'user d'un de nos privilèges d'état et de nous transporter au courant de l'automne 1885.

Georges, un beau dimanche matin, arrive chez M. Eugène. Il vient passer la journée à la villa de Sèvres, c'est-à-dire à l'école, qui s'est vidée pour la journée.

Il tient une lettre à la main.

— Joseph est nommé sergent, dit-il. On commence à lui parler de rengagement. Il nous demande conseil. Le métier militaire ne lui déplairait pas.

— Il y aurait à coup sûr autant de dispositions que pour le commerce, fit M. Eugène en riant.

— Et puis le commerce va si bien ! soupira Georges.

— Plains-toi donc ! au moins la maison Lechevallier se maintient.

— Je plains les patrons qui, par la crise actuelle, n'ont pas de vieux ouvriers intéressés à la bonne tenue des affaires, fit Georges, ils ne doivent pas pouvoir tenir.

— Aussi y en a-t-il beaucoup qui sombrent.

Un silence suivit.

— Pour en revenir à Joseph, fit Georges, que lui répondrons-nous ?

— A quelle époque a-t-il été incorporé ?

— Février 82.

— Il est donc libérable ?...

— En septembre 86...

— Dans un an. Eh bien, réponds-lui qu'il a mieux à faire encore que de rengager. Qu'il passe les examens pour Saint-Maixent. Je vais lui envoyer un programme d'études. Il sait passablement l'allemand, il réussira. S'il échoue, qu'il signe un nouveau congé moyennant une longue permission, quatre ou cinq mois. Je le ferai travailler sérieusement tout ce temps-là, et je garantis le succès à la seconde épreuve. Pourquoi secoues-tu la tête ?

Georges se mit à rire :

— Si Joseph prend des chevrons, fit-il, ce ne sera pas pour passer des examens. Le gaillard ne rêve qu'aventures, lui si endormi jadis. S'il se décide à rester au régiment, je vois son plan tout fait. Il se fera envoyer au Tonkin, en Chine, à Madagascar, partout en un mot où il y aura plaies et bosses à trouver, et c'est là qu'il cherchera à gagner ses galons d'officier.

— Y vois-tu un inconvénient ?

— Aucun. Nous sommes Dieu merci en mesure de pouvoir laisser le choix à mon frère. Savez-vous que j'ai déjà trois mille francs de côté ?

— Et moi huit mille ! cria M. Eugène en se frottant les mains à s'enlever la peau.

— Et M. Lechevallier m'a parlé de ma gérance pour le mois de janvier prochain.

— C'est cela, après l'inventaire.

— Tout va donc très bien.

— Tout va de mieux en mieux.

— Joseph fera ce qu'il voudra.

— Ce n'est pas nous qui le contrarierons.

— D'ailleurs il est si rangé !

— Une vraie demoiselle !

— Vous exagérez, mais enfin il est raisonnable.

— C'est ton frère, parbleu !

— Et c'est votre élève.

Ici Georges et M. Eugène échangèrent une chaude

étreinte ; c'était généralement comme cela que finis-
saient leurs entretiens intimes.

La journée se passa gaîment.

Madeleine vint avec la famille Lechevallier. On la
céda pour la journée à son oncle, en attendant de se
retrouver tous pour le dîner et la soirée.

M. Eugène et Georges étaient en effet considérés
comme des amis, et nullement comme des inférieurs.

Chaque dimanche, on se réunissait ainsi à la villa.
Quelques amis arrivaient vers huit heures, et l'on
dansait en petit comité, tandis que des whists et des
piquets s'organisaient entre grands-parents, qui se re-
posaient ainsi d'être restés assis au frais tout le jour.
La jeunesse, elle, se délassait avec force polkas et
mazurkas du canotage, de la pêche ou de l'équitation.
Le dernier train ramenait tout le monde à Paris.

Madeleine aimait beaucoup ces petites fêtes du
dimanche. Cela la sortait un peu de son pensionnat,
où elle demeurait comme pensionnaire volontaire, ses
études étant terminées, uniquement par convenance
et pour ne pas vivre avec deux célibataires. Et puis
M. Eugène était si bon, si affectueux, Georges si aimable et si prévenant !... Elle ne faisait aucune difficulté de l'avouer, elle eût souhaité que ce fût dimanche tous les jours.

Ni M. Eugène ni Georges n'eussent demandé mieux.
Ménagère accomplie, chacune des visites de Madeleine à Sèvres était marquée par quelque utile et in-
génieuse amélioration dans l'intérieur assez « garçon »
de M. Eugène.

Et puis sa gaieté, son affabilité, sa bonne humeur,
étaient un véritable rayon de soleil au logis.

Georges, fort occupé toute la semaine, trouvait un
salutaire délassement d'esprit dans la conversation
sérieuse, quoique enjouée, de la pupille du professeur.
Aussi lui sacrifiait-il volontiers la compagnie des jeunes gens de son âge, moins mûrs et plus légers que
lui.

Madeleine avait souffert aussi dans son enfance.

Elle avait aussi connu les privations et les angoisses. Entre deux êtres éprouvés par la vie, l'entente s'établit aisément, sur la base d'une communauté de sensations et de souvenirs dont naissent généralement les mêmes opinions et les mêmes goûts.

Georges et Madeleine s'entendaient donc à merveille, et M. Eugène se frottait les mains.

Le soir du dimanche dont il s'agit fut marqué par un incident insignifiant en lui-même, et qui cependant eut sur la destinée de Georges une considérable influence.

Le jardinier de la villa rentra gris.

C'était bien le plus habile et le plus honnête ouvrier des environs de Paris, mais le dimanche, il n'y avait pas, il fallait qu'il bût un verre de trop. Le picolo d'ailleurs faisait tous les frais de la fête. Jamais le digne homme ne se mettait une goutte d'absinthe ou d'eau-de-vie dans le corps. Le lendemain, après s'être au préalable arraché une poignée de cheveux en jurant à sa femme qu'on ne l'y reprendrait pas, il se remettait d'arrache-pied au travail, et ni Dieu ni diable ne l'eussent fait bouger de ses serres jusqu'au dimanche suivant à midi.

Quatre ou cinq fois par an, régulièrement, M. Lechevallier jurait qu'il flanquerait François à la porte. Le lendemain, quand il arrivait à la villa pour signifier l'arrêt, il trouvait François à genoux devant quelque riche plate-bande, en train de tailler ou de sarcler. La passion du jardinage, dont M. Lechevallier était possédé au plus haut point, l'emportait sur tout autre sentiment. M. Lechevallier mettait habit bas, et s'accroupissait à côté de François, pour le regarder travailler. Et l'exécution était remise... à huitaine. Cela durait comme ça depuis dix ans.

Ce soir-là donc M. Lechevallier cria, très-bourru :

— Je flanquerai cet animal à la porte, et pas plus tard que demain !

Un sourire d'incrédulité de sa femme le fit rire de son bon rire large. Et se retournant vers Georges :

— Aie donc la complaisance de t'assurer qu'il a fermé la petite grille et la porte du verger, fit-il.

— J'y vais, fit M. Eugène. Georges va avoir à s'occuper des châles et des ombrelles de ces dames, et moi je deviendrais inutile à ce moment-là.

Il sortit et rentra quelques instants après.

Comme on était dans l'entrain du départ, on ne fit pas grande attention à lui. Les hommes lui serrèrent rapidement la main, et les dames ne lui parlèrent que pour lui demander en courant s'il n'avait pas vu le mantelet ou la pélerine qu'elles avaient sur le bras.

Seule, Madeleine, qui vint l'embrasser, remarqua non sans surprise que sa physionomie, jusqu'alors épanouie et gaie, était devenue soucieuse, inquiète même.

— Mon oncle, qu'avez-vous ? fit-elle. Etes-vous souffrant.

— Non, chère petite, répondit le professeur, non... Ce n'est rien... c'est mon rhumatisme. Va, va, ne fais pas attendre Mme Lechevallier.

Il la poussa vers la porte. La jeune fille, très peu rassurée par les explications de son oncle, jeta en passant ces mots à Georges :

— Mon oncle est souffrant, veillez-y...

Georges revint en toute hâte vers le professeur.

— Mon père, fit-il, Mlle Madeleine me dit...

— Mlle Madeleine te dit des bêtises ! grommela rudement le digne homme. Va accompagner les dames et ne t'occupe pas de moi.

A son tour, il le poussa dehors.

Plus accoutumé que Madeleine aux bizarreries de M. Eugène, que la prospérité n'empêchait pas de demeurer un parfait original, Georges pensa que le cas n'était pas grave, et comme on l'appelait, il quitta la villa.

Alors, sans mot dire, mais avec de grands gestes, M. Eugène courut à son logis. Il y prit une lanterne, un revolver, et s'enfonça dans les allées du jardin.

Successivement, un à un, il fouilla tous les bos-

quets, tous les massifs, contourna tous les bouquets
de plantes ou d'arbustes, longea les serres, inspecta
les tonnelles. Dans le verger, il en fit autant.

Cette visite terminée par un examen minutieux des
portes et grilles d'entrée, le vieux professeur revint à
pas lents vers un recoin du potager, sombre et très
propre à faire une cachette, entouré qu'il était de
framboisiers touffus.

— C'était là qu'il était, marmotta M. Eugène. Évidemment, il était entré par la petite grille, que François avait laissée ouverte.... C'est par là du reste qu'il
s'est sauvé quand il m'a vu....

Le professeur acheva son monologue par quelques
grands gestes de ses longs bras.

C'était chez lui le signe d'une préoccupation profonde.

Tout à coup, il s'interrompit brusquement.

Il tendit le cou, les yeux écarquillés et fixes, la main
demi-levée, comme pour écouter avec une attention
scrupuleuse.

Il demeura quelques secondes ainsi, puis sa main
se ferma tout d'un coup, par un tressaillement brus-
que, comme pour saisir ce que l'oreille guettait.

M. Eugène avait entendu quelque chose.

Ce quelque chose était un sifflement prolongé, qui
semblait venir du point d'embranchement des routes
de Versailles et de Meudon. Soit de cinq cents mè-
tres du mur de la villa.

A pas de loup, M. Eugène gagna l'extrémité de
l'enclos et grimpa sur une sorte de petit tertre d'où
l'on avait vue sur la route de Versailles.

La lune éclairait en plein.

Se dissimulant avec soin derrière un massif, M. Eugène observa et écouta.

Mais le sifflement ne se reproduisit plus.

Et rien de suspect ne se montra sur la route.

Minuit sonna.

Georges ne pouvait tarder de rentrer.

M. Eugène abandonna son poste et regagna le pavillon dans lequel il logeait.

Quand Georges rentra, il était au lit.

Le jeune homme vint frapper à sa porte.

— Qui est là ? cria le professeur d'une voix bourrue.

— Je viens prendre de vos nouvelles, répondit Georges. Mlle Madeleine était très inquiète de vous, et moi-même...

— Merci, mon cher enfant, mais tu t'alarmes à tort. J'avais cru voir dans le jardin quelqu'un... un malfaiteur, mais je viens de reconnaître que je m'étais trompé. Ainsi, dors en paix. Tu comprends, je n'ai pas voulu en parler devant tout le monde de crainte d'effrayer les femmes, mais à toi dont le cœur est fort, je ne dissimule pas la cause de mon inquiétude. Bonsoir.

M. Eugène parlait d'un ton tellement dégagé, que Georges ne crut pas devoir insister davantage. Il répondit gaiement au bonsoir de M. Eugène et regagna sa chambre.

Le professeur, lui, se retourna sur ses oreillers et murmura :

— Ce n'est pas la peine de le lui dire.

La nuit s'écoula sans incident, mais M. Eugène ne dormit pas.

CHAPITRE SIXIÈME

DE fait, il y avait de quoi être préoccupé.

En allant s'assurer que maître François n'avait pas laissé quelque porte ouverte, le professeur avait vu un homme sortir de derrière le petit groupe de framboisiers et se sauver à toutes jambes vers une petite grille donnant sur un chemin désert.

En s'enfuyant, cet homme avait laissé tomber des fruits que M. Eugène avait parfaitement reconnus pour appartenir aux espaliers de la villa.

Le cri de : au voleur ! était venu sur les lèvres de M. Eugène, mais à ce moment, l'homme avait traversé, en pleine lumière, et le professeur, se trouvant à vingt pas de lui, avait pu voir son visage.

Et il avait reconnu Michel Lagneau.

L'appel qu'il se préparait à lancer mourut sur ses lèvres.

Et il s'arrêta, frappé d'un coup au cœur.

L'apparition de ce malheureux lui avait été comme une vision terrifiante au milieu d'une fête.

Michel Lagneau, surpris en flagrant délit de vol ! Michel Lagneau, pouvant d'un jour à l'autre se faire arrêter !

Mais il y avait une menace pour l'avenir dans ce fait.

Le passé de Georges, son passé de misère, de lutte et de souffrance, était connu de M. Lechevallier et de bien d'autres employés et ouvriers de la maison.

Il avait reconnu Michel Lagneau

Plus d'un, au lieu d'avoir pour ce fils de ses œuvres le respect auquel a droit le vrai mérite, plus d'un le jalousait bassement, et disait pour cacher son envie :

— Bah ! ce n'est jamais qu'un fils de gueux comme les autres.

Quelle arme terrible ce serait aux mains de ceux-là, si tout d'un coup l'autre côté du passé de Georges venait à être mis au jour !...

Si quelque mauvais drôle pouvait un matin lancer cette phrase dans les bureaux ou les ateliers :

— Vous savez, le gérant ? Il a une jolie famille, ce garçon-là. Son oncle, qui l'a élevé, est mort en prison, et voilà son cousin, avec qui il a grandi, qui passe en cour d'assises pour vol avec escalade, la nuit, dans une maison habitée.....

Car il était inévitable que ces détails n'arrivassent pas à la connaissance du public, si jamais l'un des Lagneau, Michel ou Jacques, ou les filles, obtenait le triste honneur d'avoir son nom imprimé dans la *Gazette des tribunaux*.

Leurs antécédents, invoqués par le ministère public, le seraient aussi par la défense.

L'avocat, pour apitoyer les juges, montrerait ces enfants sous la surveillance d'une pauvre femme obligée de travailler pour les nourrir, non seulement eux quatre, mais encore leurs deux cousins, Georges et Joseph Moucheux, recueillis par charité.....

Il les montrerait livrés par conséquent à eux-mêmes, abandonnés sans conseils et sans soutien à tous les entraînements pernicieux. Qui sait ! il les montrerait peut-être, dans un bel élan d'éloquence attendrie, délaissés pour leurs cousins, sevrés de l'amour maternel entièrement reporté sur Georges et Joseph, et finalement jetés dans le mal par un intime désespoir.

C'est comme cela qu'on fait acquitter des gredins.

Qui sait ! Georges serait peut-être entendu, à titre de renseignement, par l'instruction ou par la cour !..

Et puis, tout ne finit-il pas par se savoir?

De quelque côté qu'il envisageât la question, M. Eugène ne voyait point pour Georges la possibilité de demeurer à l'écart et dans l'ombre, si le malheur voulait que l'un de ses parents figurât quelques jours sur la chronique du crime.

Les conséquences d'une révélation semblable pouvaient être des plus graves.

Certes, Georges possédait toute la confiance de M. Lechevallier.

D'autre part, le nom qu'il portait demeurerait intact.

Néanmoins, si l'honneur pouvait rester sauf, les intérêts matériels pouvaient se trouver compromis.

La maison Lechevallier, vaste entreprise ayant en province et à l'étranger succursales et dépôts, était, depuis quelques années, montée par actions.

M. Lechevallier, mandataire à pleins pouvoirs, avait vis à vis de ses actionnaires une formidable responsabilité.

Il y avait des millions engagés dans l'affaire que son nom et sa vieille notoriété commerciale suffisaient à soutenir.

Inévitablement, le choix d'un gérant, d'un homme de confiance, ne lui serait pas entièrement laissé.

L'homme dont il mettrait le nom en avant aurait certainement toutes chances d'être accepté, sous cette condition toutefois qu'il ne se trouverait aucune objection à faire.

Mais pour Georges, après condamnation d'un des Lagneau dans les conditions que l'on pouvait redouter, serait-ce le cas?

Ne se trouverait-il pas au nombre des associés quelqu'un pour répondre:

— Comment, pour un poste exigeant des capacités d'abord, ensuite des garanties morales de la plus haute valeur, vous nous proposez un jeune homme qui non seulement n'a que vingt-quatre ans, mais encore qui depuis l'âge du discernement a grandi dans une famille le pas grand'chose de paresseux, de vauriens, d'ivrognes! Son tuteur est mort en prison. Sa tante, au lieu d'élever ses enfants, les laissait devenir des vagabonds, des coureurs de rues. On l'expulsait de partout, elle et sa marmaille. Elle a fini par vivre dans la rue: votre candidat était logé à la même enseigne. Actuellement, il travaille, soit. Mais vous voyez d'autre part un des enfants avec lesquels il a grandi se faire condamner pour vol qualifié. Qui nous dit que Georges Moucheux, nourri de mauvais exemples, de mauvais principes, n'est pas accessible comme d'autres aux tentations de l'époque, au désir immodéré du luxe et de la jouissance? Plus cultivé que ses cousins, il a cherché sa voie plus haut que le pavé, mais qui prouve que sa bonne conduite n'est pas purement d'occasion, que sa probité n'est 'pas calcul, que son amour du travail n'est pas le choix entre deux maux d'un esprit avisé? Quand il lui passera par les mains des centaines de mille francs de marchandises, espèces ou valeurs, quand il se verra investi d'une confiance sans bornes, qui nous dit que les instincts mauvais qu'il peut avoir acquis dans l'intimité d'une famille de coquins ne se réveilleront pas? On voit tous les jours des employés infidèles : tous n'ont pourtant pas été élevés dans des familles Lagneau!

Que répondrait M. Lechevallier? Sans doute il s'efforcerait de détruire les préventions conçues contre Georges. Mais aurait-il l'énergie voulue pour réussir à les dissiper? Sa confiance ne serait-elle pas ébranlée? Il avait, en homme juste et droit, pardonné pour ainsi dire à Georges d'être né, d'avoir vécu pauvre. Lui pardonnerait-il la « famille de coquins? » M. Eugène n'osait en répondre. Un seul témoignage pourrait intervenir en faveur de Georges ; le sien. Mais lui-même, présenté par Georges à M. Lechevallier, ne se trouverait-il pas englobé dans la déconsidération qui pouvait résulter d'un scandale et réduit par suite à l'impuissance?

M. Eugène se répéta ces choses toute la nuit, et il

avait ses raisons pour voir l'avenir aussi sombre. Autour de la gérance de la maison Lechevallier, position lucrative et sûre, une véritable campagne d'intrigues était engagée.

Le vieux professeur ne l'ignorait pas.

C'était là le véritable danger.

Cinq ou six jeunes gens convoitaient cette place.

Ils avaient tous des protecteurs parmi les actionnaires et les clients de la maison.

De nombreuses démarches avaient été faites auprès de M. Lechevallier. Celui-ci, fidèle à sa promesse, avait répondu par des moyens dilatoires.

Le scandale que redoutait M. Eugène allait fournir aux assaillants un accès dans la place.

Les actionnaires allaient se souvenir que M. Lechevallier, bien qu'il possédât en propre l'imprimerie, soit la moitié pour valeur de l'entreprise, et la principale portion de la maison de publicité qui en était l'aliment, leur devait des comptes pour l'autre moitié, et que ses pleins pouvoirs dans le choix du personnel et les marchés à passer n'allaient cependant pas jusqu'au droit d'imposer sa volonté en cas de divergences de vues entre ses associés et lui.

Aussi, si ce que craignait le professeur arrivait, il y avait tout lieu de redouter que la carrière de Georges ne se trouvât sinon brisée, du moins compromise pour longtemps, au bénéfice de quelque petit jeune homme protégé par un actionnaire, et valant dix fois moins à tous les points de vue que l'honnête garçon qui lui serait sacrifié.

CHAPITRE SEPTIÈME

Tout homme a ses faiblesses.

M. Eugène en avait une, celle d'acheter tous les matins le *Petit Journal*.

Quelques jours après la soirée que nous racontons dans un précédent chapitre, le professeur éprouva ce qu'il n'avait jamais éprouvé en lisant sa feuille favorite : une véritable émotion.

Le fait-divers suivant venait de lui tomber sous les yeux :

— *Les dévaliseurs de Villas.* On signale des environs de Paris un grand nombre de vols commis la nuit dans des maisons de campagnes appartenant à divers propriétaires. Des malfaiteurs encore inconnus s'introduisent nuitamment dans ces villas, pour la plupart abandonnées durant la semaine, et se livrent à un pillage en règle. Les maisons de MM. X··· et Z···, situées aux environs de Sèvres, ont reçu dans la nuit de lundi à mardi la visite de ces audacieux filous, qui se sont emparés de liqueurs, vins fins, argenterie, etc., après avoir fracturé diverses portes, tant pour entrer qu'à l'intérieur. La justice informe, et l'on croit être sur la trace des coupables.

M. Eugène laissa tomber le journal.

— Ce sont eux, murmura-t-il, ce sont eux.

Il se leva, en proie à une vive agitation.

— Ils vont se faire arrêter un de ces jours, dit-il. La cour d'assises, le bagne !... Non ! non ! jamais, jamais !!!

De suite, il partit pour Paris, se rendit chez M. Lechevallier et sollicita un congé de quelques jours.

Le congé lui fut du reste accordé avec empressement.

De retour chez lui, M. Eugène fourra dans une valise quelques objets de nécessité première et se rendit à Paris derechef.

A Paris, il vit quelques personnes de connaissance et leur parla d'un petit voyage d'affaires qui l'appelait dans le Midi.

A la gare de Lyon, il prit un billet pour Nîmes et le demanda d'une voix retentissante.

En attendant le train, il se promena sur le quai, sa valise à la main.

En le voyant, il était impossible de ne pas dire :

— Voilà un monsieur qui part.

C'était probablement ce qu'il voulait.

Le train se mit en marche vers dix heures du matin.

De Paris à Nîmes, le voyage est long même en express, aussi M. Eugène prit-il soin de l'abréger en descendant à Nemours.

Il passa la journée à l'hôtel, se promenant de long en large dans sa chambre, avec ses grands gestes des jours de préoccupation.

Le soir venu, il tira de sa valise un chapeau de forme et de couleur autres que celles du chapeau qu'il portait. Il s'en coiffa. Il changea également de foulard et de pardessus. Il se munit de lunettes noires et quitta rapidement l'hôtel, laissant l'hôte confondu de sa générosité. Il lui avait glissé un louis dans la main en passant.

A peine était-il dehors, qu'il se dit :

— Je suis un sot. J'aurais bien pu mettre mes lunettes en arrivant à Paris et demander tranquillement mon compte tout à l'heure. C'est fait pour me faire remarquer, ces manières-là.

Puis il se prit à rire et marmotta :

— On dirait bien, si l'on voyait ce que je pense là, que c'est moi qui suis poursuivi par la police.....

A la nuit tombante, il rentrait dans Paris.

En débarquant, il se dirigea vers la rive gauche,

lentement, à pas indécis, regardant tout autour de lui, comme dépaysé.

Un individu d'aspect bonhomme, qui flânait aux abords du pont d'Austerlitz, s'approcha de lui et lui dit fort poliment :

— Vous ne paraissez pas très-sûr de votre chemin, monsieur... Si vous avez besoin de quelque renseignement, vous voyez un flâneur qui se fera un plaisir...

— Gros malin, pensa le professeur, tu crois que je ne te vois pas venir. Offre-moi seulement de te garder ton portefeuille pendant que tu iras faire une course pressée.... En attendant, je vais tâcher de me servir de toi... Mon Dieu, monsieur, répondit-il en prenant un air simple, vous m'obligeriez beaucoup. J'arrive de province et je ne connais guère Paris... J'y suis venu une fois il y a vingt-huit ans, pour un procès. Aujourd'hui, dame, je ne m'y reconnais plus guère. Et je voudrais me loger convenablement, sans trop dépenser, pas bien loin de Montrouge, où j'ai des affaires, ni des grands boulevards, parce que j'aime à m'y promener le soir après mon dîner, vous comprenez... Je vais trop loin, pensa-t-il. Il ne doit pas y avoir de provincial si idiot que ça.

L'individu se mit à rire.

— Quant à vous loger près de Montrouge et des grands boulevards en même temps, dit-il, ce n'est guère possible. Si je me permettais de vous donner un conseil, ce serait de vous installer à proximité de l'endroit où vous avez des affaires sérieuses. Quant aux grands boulevards, si vous aimez à vous y promener, c'est que vous avez le gousset bien garni : eh bien, vous prendrez une voiture pour vous y rendre.....

— Tout simplement, fit M. Eugène. Je crois que vous avez raison.

— Alors, fit l'inconnu qui réfléchissait, savez-vous où vous ferez bien de vous adresser ? A l'hôtel du Parnasse, rue Vandamme, n° 15. Vous y serez fort bien, pas écorché vif, et tout près du Petit-Montrouge. Où avez-vous affaire, sans indiscrétion ?

— Rue Sainte-Eugénie, fit le professeur, qui cita cette rue parce qu'il y avait demeuré jadis.

— A merveille, c'est tout près de la rue Vandamme.

— Et où faut-il que je passe, pour aller rue Vandamme ?

— C'est très simple. Vous allez trouver à droite la rue Buffon. Au bout, vous prendrez la rue Daubenton, vous traversez ensuite la rue de la Clef, la rue Monge, la rue Mouffetard, la rue Gracieuse, vous enfilez la rue de l'Epée au Bois, vous tournez à droite, vous prenez la rue Tournefort ; vous tournez à gauche, vous prenez la rue Vauquelin, vous tournez à droite et vous prenez la rue Claude Bernard, la rue des Feuillantines ; vous tournez à gauche par la rue Saint-Jacques, vous prenez à droite la rue du Val-de-Grâce, le boulevard Saint-Michel à gauche, le boulevard Montparnasse à droite, la rue Delambre à gauche, la rue du Maine, l'Avenue du Maine, et la rue Vandamme est au bout.

M. Eugène prit un air ahuri. Le flâneur lui avait débité cette kyrielle avec une volubilité merveilleuse et semblait jouir de l'étourdissement de son « provincial. »

— Je ne m'y reconnaîtrai jamais, fit le professeur.

— Vous demanderez en route.

— C'est ennuyeux. On a l'air nigaud. Les Parisiens sont si moqueurs.

L'inconnu fit un geste de protestation, et M. Eugène se gratta la tête.

— Mon Dieu, monsieur, reprit-il au bout d'un instant, vous m'avez tout à l'heure montré tant de complaisance, que cela m'encourage à vous demander si vous seriez assez bon pour...

— Vous accompagner ? Mon Dieu, monsieur, dame... Voilà. Ce sera certes avec plaisir, seulement — ici l'inconnu consulta sa montre — il faudrait vous déranger un peu de votre chemin. J'ai à passer rue Monge pour prendre un objet que j'ai laissé chez un ami, et que je comptais aller reprendre ce soir.

— Oh ! monsieur, un petit détour ne m'effraie pas, se hâta de dire le professeur. Je crains seulement de vous entraîner bien loin de chez vous...

— Moi ? Pas du tout. Je demeure boulevard Edgar Quinet, à cinq cents pas de votre hôtel. Nous allons être voisins, monsieur...

— Bartavelle, Eugène Bartavelle, déclina le professeur, qui avait un faible pour les noms de vaudeville. Je suis dans le commerce à Montélimar...

— Pour moi, monsieur, répondit l'inconnu, si vous voulez bien accepter...

Et il lui tendit un bristol portant ces mots :

JONATHAN VALMONT
Commissionnaire

Paris

M. Eugène se confondit en excuses, alléguant qu'il n'avait pas sur lui de cartes de visites. Jonathan Valmont lui déclara de la meilleure grâce du monde qu'il n'avait pas eu l'intention de faire des cérémonies, et les deux nouvelles connaissances se mirent en route.

Rue Monge, Jonathan pénétra dans une maison d'assez piètre apparence.

Aussitôt qu'il fut entré, en priant M. Eugène de l'attendre dix minutes, notre professeur se précipita dans un bureau de tabac.

— Madame, dit-il à la buraliste, avez-vous des billets d'une loterie quelconque ?

La buraliste lui en montra de cinq ou six espèces. Il y en avait de noirs et de bleus. M. Eugène en prit de ces deux teintes une liasse et les mit avec un billet de cinquante francs dans un portefeuille qu'il vida soigneusement de tout autre papier. Il plaça son argent dans une autre poche et sortit.

Jonathan ne tarda pas à reparaître:
Il avait au dos une sacoche rebondie.

— Nous y voilà, pensa M. Eugène.

— Y sommes-nous, dit gaiement l'obligeant commissionnaire.

— A vos ordres, répondit le professeur, qui s'assura que son revolver était dans la poche de son pardessus. Seulement, si nous prenions le temps de nous rafraîchir ?

Et il indiquait un café du geste.

— Volontiers, fit Jonathan. Cela me donnera des forces pour traîner ce colis.

Il montrait sa sacoche.

— Un animal qui me doit six mille francs, fit-il à demi-voix, et qui me les fourre là-dedans, savez-vous en quoi ? En valeurs pour cinq mille cinq cents, et cinq cents francs en monnaie d'argent. C'est lourd comme le diable.

Et entr'ouvrant sa sacoche, il laissa M. Eugène y jeter un coup d'œil.

Le professeur vit quelques pièces de cent sous.

— Je parie que ce sont des pièces étrangères, qui perdent quatre-vingt centimes, pensa-t-il. A moins qu'elles ne soient fausses.

Ils entraient dans le café. Les consommations prises, ce fut M. Eugène qui paya. Il tira le fameux portefeuille, paya sur le billet de cinquante francs dont il mit soigneusement la monnaie dans son gousset, et fit tout cela sans se presser, en sorte que Jonathan eut le loisir de voir, à l'intérieur du portefeuille, des coins de papier jauni marqué de noir ou de bleu, sortant des poches. M. Eugène remarqua le regard qu'il lança sur ces papiers.

— Je le tiens, pensa-t-il.

Et tous deux se remirent en route.

Jonathan changeait constamment sa sacoche d'épaule. Il suait et soufflait à faire illusion.

— Est-ce lourd, est-ce lourd ! murmurait-il de temps en temps.

Soudain, comme ils débouchaient sur le boulevard Montparnasse, il se frappa le front d'un air consterné.

— Vous avez oublié quelque chose? fit insidieuse-
ment M. Eugène.

— Oui, répondit l'autre. J'ai oublié une commande
très pressée que j'ai à faire dans un grand magasin du
boulevard Saint-Michel.

— Farceur ! pensa M. Eugène.

— Il faut que je retourne sur mes pas, reprit Jonathan, dont la figure avait une bonhomie parfaite.
Mon Dieu ! que c'est ennuyeux ! Attendez-moi, dites
donc. Je vous ai indiqué l'hôtel du Parnasse parce
je connais le propriétaire, si vous vous y présentez
sans moi, on vous salera les prix.

— Je vous attendrai sur ce banc, fit M. Eugène.

— C'est ça. Tenez, puisque vous êtes si complai-
sant, voulez-vous me rendre le service de me garder
ma sacoche? Elle me scie le dos, à la lettre..... Et
puis enfin, on ne risquera pas de me la voler, dans
un encombrement, comme cela se fait quelquefois.....

— Brusquons les choses, se dit le professeur. Mais,
monsieur, observa-t-il, vous ne me connaissez pas?...

Jonathan lui mit sa sacoche sur les bras.

— Eh bien, s'écria-t-il d'une voix sonore, j'aime
mieux que vous me disiez ça. Ça me met à l'aise. Au
moment où je vous ai dit de me garder mon bibelot,
j'ai pensé tout d'un coup : Mais tu ne connais pas ce
monsieur ! Et ma foi, j'aurais été bien gêné pour vous
demander une garantie, parce qu'enfin, vous comprenez... Seulement, du moment que vous me l'offrez,
j'accepte, et je m'en remets à vous.

M. Eugène lui tendit en souriant son portefeuille.

— J'y perdrais, fit-il, si je voulais vous jouer un
tour...

— Pardon ! fit Jonathan, j'ai six mille francs dans
ma sacoche. Je ne veux pas un sou de plus.

— Bigre, fit le professeur à part lui; il ne faut pas
lui laisser ouvrir le portefeuille. Mais je plaisante,
dit-il, en le fourrant presque de force dans la poche
de Jonathan. Il y a cent francs de différence. Gardez-
donc mon portefeuille et ne vous amusez pas à l'ou-

vrir comme ça dans la rue. Il fait du vent, et il n'y a rien qui file vite comme un billet de banque. Allez donc, et dépêchez-vous !

— Je vous obéis, fit le commissionnaire en riant. Allons, à une demi-heure, M. Bartavelle.

Il lui serra la main vigoureusement et s'éloigna. Dès qu'il eut tourné le coin du boulevard S¹ Michel, M. Eugène ouvrit la sacoche. Un coup d'œil lui suffit pour reconnaître qu'il venait d'avoir affaire à un voleur à l'américaine, comme il l'avait pensé dès le premier moment. La sacoche ne renfermait que des imprimés sans valeur et du billon dissimulé sous quelques pièces péruviennes, boliviennes, chiliennes, etc.

M. Eugène, en moins de temps qu'il ne faut pour le dire, fut au boulevard St Michel. Il vit, à trente pas devant lui, son Jonathan qui marchait tranquillement, les mains dans les poches, en homme sûr de son affaire.

— Il n'a pas seulement pensé à vérifier le portefeuille, se dit le professeur avec jubilation.

Et, marchant le long des murs, à grands pas silencieux, il rejoignit l'escroc et le saisit par le bras avec une vigueur inouïe.

Jonathan se retourna dans un soubresaut et demeura pétrifié.

— Pas un mot et suivez-moi, lui dit à demi-voix le professeur.

Le malandrin voulut résister.

— Préférez-vous que j'appelle un agent de police ? demanda le professeur en lui meurtrissant le bras du bout de ses doigts osseux.

Jonathan baissa la tête et le suivit. M. Eugène l'emmena dans un café, et le fit asseoir à une table du fond.

— Si vous bougez, je vous fais arrêter, lui dit-il.

L'autre, pâle et les lèvres serrées, fit un signe de soumission passive.

— Vous m'avez volé des billets de loterie, reprit le professeur. A voleur, diplomate et demi. J'arrive de

Montélimar comme vous de Chine. Maintenant, écoutez-moi bien. En sortant d'ici, je vous mènerai chez un photographe. Quand j'aurai une douzaine ou deux de vos portraits, je vous lâcherai. Pas avant. Et si, une fois libre, vous ne répondez pas à ce que j'attends de vous, je dépose ma plainte, et votre photographie, entre les mains de qui de droit. Si par contre vous devenez un instrument docile entre mes mains, vous recevrez une bonne récompense. Je ne suis pas un policier. Ce sont des intérêts privés qui me font agir. J'ai besoin de l'aide d'un homme connaissant les dessous de Paris. Le hasard vous a envoyé vers moi, je vous choisis. Comprenez-vous ?

— Que voulez-vous de moi ? demanda l'homme.

— Je vous dirai cela quand j'aurai votre photographie.

La douzaine de portraits ne put être livrée que le lendemain, en payant le prix de la hâte. M. Eugène emmena son voleur avec lui à l'hôtel, le fit coucher et le surveilla toute la nuit dans un fauteuil, avec son revolver à portée de sa main.

Quand il fut en possession des photographies, il prit Jonathan à part, et lui dit :

— Avez-vous entendu parler des dévaliseurs de villas ? Vous savez, cette bande qui opère dans la banlieue, la nuit....

— J'en ai eu connaissance comme tout le monde, répondit Jonathan, par les journaux.

— Et vous ne connaissez personne qui en fasse partie.

— Personne.

— En êtes-vous bien sûr ?

Jonathan se recueillit.

— Je ne connais personne qui fasse partie de cette bande, répondit-il au bout d'un instant.

— Ah ! fit M. Eugène. Alors, savez-vous que tous mes plans à votre égard sont dérangés. Vous m'êtes absolument inutile, et dame, vous comprenez.....

Jonathan se leva, très agité.

— Quel homme vous êtes ! dit-il en levant les bras au ciel. Ce n'est pourtant pas ma faute si je ne compte pas au nombre de mes relations justement les gens que vous cherchez. Vous avez contre moi une arme qui vous garantit mon obéissance scrupuleuse. Je n'ai jamais été pris. Je ne tiens pas à l'être, et je le serais infailliblement si vous déposiez ma photographie au parquet. Laissez-moi donc ma liberté d'action. Je chercherai, je trouverai quelqu'un ayant des relations avec la bande, sinon en faisant partie. Croyez-vous que je n'aime pas mieux gagner une prime avec laquelle je passerai en Angleterre ou en Belgique pour y chercher une occupation....

— Vous feriez mieux d'aller aux colonies, fit M. Eugène qui l'observait attentivement.

— Soit. Il y a eu dans mon existence un moment où si j'avais possédé mille francs, jamais je n'eusse essayé de vous faire le coup de la sacoche. Je serais peut-être un commerçant établi. Ce qu'il est trop tard pour tenter en France, je puis l'entreprendre ailleurs. Si vous poussez la vigilance jusqu'à me mettre sur le paquebot, je réponds de moi...

— Peut-être, répondit simplement le professeur, qui tenait son regard fixé sur les yeux de Jonathan pendant que celui-ci parlait.

— Ne me perdez donc pas pour une chose dont je ne suis pas responsable, reprit le chevalier d'industrie. Rendez-moi ma liberté matérielle : ma liberté morale, je ne l'ai plus. J'en profiterai pour vous servir.

— Soit, répondit M. Eugène.

Et il ajouta après avoir longuement observé Jonathan.

— Avez-vous besoin d'argent ?...

— J'en ai, répondit l'Américain. Je ne vous dissimule pas cela, parce que si l'envie devait me prendre de fuir une fois que vous m'aurez lâché, elle me prendrait tout aussi bien avec votre argent qu'avec le mien. Il est donc inutile que vous dépensiez un sou. Ce que je dépenserai pour votre service, je l'aurais bien dépensé, et au-delà peut-être, si je ne vous avais pas rencontré. D'ailleurs, cela n'ira pas loin, et vous pourrez toujours m'en tenir compte dans la prime.

— C'est juste, fit M. Eugène.

— Du reste, pourquoi ne m'accompagneriez-vous pas là où je vais aller ? Rasez-vous, si vous craignez d'être reconnu. Armez-vous, si vous voulez, bien qu'il n'y ait aucun péril. Vous aurez ainsi l'avantage de ne pas me perdre de vue.

— Ceci mérite réflexion, fit le professeur.

Et, sans en ajouter davantage, il se leva et se mit à arpenter la chambre à grands pas.

Au bout de cinq minutes, il revint se camper en face de Jonathan.

— Non, dit-il, je ne vous suivrai pas. Ma tête, rasée ou non, doit être inconnue dans la pègre. On me prendrait pour un mouchard et vous pour un vendu. Mieux vaut que vous agissiez seul. Voici donc mes conditions. Tous les soirs, que je vous retrouve ici à huit heures. Vous me communiquerez les résultats de vos recherches. De même, rendez-vous à midi sur un point central, par exemple au jardin du Palais-Royal. Si vous manquez, la limite extrême du délai pour les circonstances imprévues étant neuf heures et une heure, je vais au parquet. Si par contre je suis content de vos services, je vous remettrai, le jour où je n'aurai plus besoin de vous, une somme de deux mille francs comptant, et je vous ferai partir pour notre colonie du Congo. C'est bien entendu ?

— Je n'espérais pas tant, monsieur, fit Jonathan. Tout mon dévouement vous est acquis.

— C'est bien, fit M. Eugène en ouvrant la porte. Partez. Un instant, observa-t-il en arrêtant Valmont sur le seuil. Défiez-vous du premier moment. Quand vous allez être dans la rue, il va vous prendre une folle envie de fuite, un vertige de liberté. Vous vous souviendrez que vous avez de l'argent, vous vous mettrez à courir au hasard, sans savoir où vous allez, ni ce que vous voulez, mais avec la pensée seulement de vous sauver. Eh bien, soyez en garde contre la tentation. Songez à ce que je puis contre vous, à ce que je vous ai promis, et n'oubliez pas : à midi au Palais-Royal, à huit heures ici...

Jonathan répondit par un geste d'acquiescement absolu et s'élança dans l'escalier.

M. Eugène referma tranquillement la porte.

— Ce garçon-là, murmura-t-il, est tout autant dans ma main que Georges à quatorze ans.... et même tout-à-l'heure.

Le professeur avait sans doute dans la loyauté de Valmont une bien grande confiance, car il demeura toute la journée à l'hôtel, fumant des pipes et lisant des journaux.

Il alla dîner dans le voisinage, prit tranquillement son café, puis, vers huit heures, remonta chez lui.

A huit heures moins deux, il regarda sa pendule.

A huit heures moins une il se pencha comme pour écouter et sourit.

A huit heures sonnantes, on frappa.

— Entrez, répondit aimablement l'excellent homme.

On entra.

C'était Jonathan Valmont.

— Exact comme un troupier, c'est parfait ! s'écria le professeur. Avez-vous dîné ?

— Oui, monsieur, répondit l'Américain.

— Bon. Et que savez-vous de neuf ?

— Peu de chose jusqu'à présent. Cependant je suis sur une piste.

— Ah ! ah ! voyons.

— Je n'ai pas besoin de vous dire que c'est auprès des recéleurs que je prends mes renseignements. L'un de ces industriels, avec qui j'ai été en relations pour mon propre compte, m'a dit avoir acheté récemment un objet d'art, un coffret, dans lequel se trouvait un papier roulé, que le voleur y avait laissé par mégarde. Ce papier roulé n'était autre qu'une bande de journal portant l'adresse suivante : Monsieur de Montigneul, banquier, à Paris. *Paris* était biffé et remplacé par : *Villa Fontanges, à Sèvres.* Le bonhomme dont je vous parle détruisit précieusement le dit papier, mais comme il se rappelle parfaitement qui lui a vendu le coffret, il m'a promis de me mettre en rapport avec cet individu.

— Au moins, fit vivement M. Eugène, vous ne lui avez pas dit.....

— Que j'agissais pour le compte d'un tiers ! Soyez sans inquiétude, je ne suis pas naïf à ce point-là !

Ce petit mouvement d'amour-propre professionnel fit sourire le professeur.

— Je vous félicite, reprit-il. Ce sont des résultats positifs que vous avez obtenus là. Ecoutez maintenant vos nouvelles instructions. Quand vous vous serez abouché avec le client de votre brocanteur, il faudra tâcher d'obtenir sa confiance.

— Bien entendu.

— S'il consent à vous dire les noms de ses compagnons, recueillez-les précieusement pour me les rapporter.

— J'entends bien.

— S'il se tient sur la défensive, nous emploierons les grands moyens.

— Je vous comprends.

— Quand nous saurons où prendre l'individu que je cherche, nous verrons à trouver le moyen de le voir et de lui parler. Vous comprenez, n'est-ce pas ?

Jonathan fit signe que oui.

Quelques minutes plus tard, il dormait tout habillé sur une causeuse. M. Eugène, absolument sûr qu'il n'avait rien à craindre de cet homme qu'il dominait, s'était mis au lit comme à son ordinaire, à neuf heures précises du soir.

CHAPITRE HUITIÈME

A ce moment, M. Lechevallier recevait une lettre portant le timbre de Paris et la taxe supplémentaire des missives pressées.

— Tiens, fit-il en la décachetant, qui peut avoir ainsi intérêt à me déranger?

Il lut rapidement la lettre et poussa une exclamation de surprise.

La lettre était ainsi conçue :

« Dans l'intérêt de la maison Lechevallier et Cie,
« une personne qui tient à garder l'anonyme se fait
« un devoir de prévenir les actionnaires et M. Leche-
« vallier lui-même qu'il court des bruits fâcheux sur
« le compte du futur gérant de l'entreprise, M. Geor-
« ges Moucheux. Ce jeune homme, d'ailleurs person-
« nellement digne de tout intérêt, a eu, paraît-il, le
« malheur de grandir dans un milieu peu recomman-
« dable. Après la mort de ses parents, il passa sous
« l'autorité d'un beau-frère de son père, un nommé
« L... qui est mort en prison en 1879. Ce L... avait
« des enfants, francs vauriens, qui ont disparu un
« beau jour, et que la police n'a jamais su retrouver.
« Georges Moucheux lui-même a passé un an sans
« avoir de domicile connu. Des personnes mal inten-
« tionnées pourraient, si ces détails venaient à être
« connus du public, trouver que la maison Lecheval-
« lier et Cie place mal sa confiance, et c'est pour évi-
« ter pareilles rumeurs que l'auteur de la lettre se ré-

« sout à porter les faits à la connaissance de qui de
« droit. »

Point de signature.
M. Lechevallier demeura comme abasourdi...
Sa femme, sa fille et Madeleine, qui se trouvait là,
le regardèrent avec étonnement.
— Tiens, lis, fit le digne industriel en passant la
lettre à Mme Lechevallier.
Celle-ci parcourut la lettre anonyme et haussa
carrément les épaules.
— Ne vois-tu pas, fit-elle, que cela vient de quel-
que ouvrier renvoyé !
— Oui, oui, c'est cela, n'est-ce pas, fit avec empres-
sement l'excellent homme. Ce ne peut être que cela.
Je me refuserais à croire que Georges n'a été jadis
qu'un vagabond, qu'un...
Il s'interrompit. Mme Lechevallier lui désignait Madeleine, qui était devenue très pâle.
— Hum ! hum ! toussa M. Lechevallier, ne t'alarme
pas, petite, je voulais dire.....
— Monsieur, interrompit la jeune fille, je devine
ce qu'il y a dans cette lettre. Georges... Monsieur
Georges a été très malheureux, autrefois, très pauvre, je le sais, il me l'a dit. On veut vous faire croire
sans doute que c'était de sa faute, qu'il se conduisait
mal, parce qu'on est jaloux de la belle position qui
l'attend. Mais vous ne le croyez pas, monsieur, ajouta-t-elle les larmes aux yeux, en joignant les mains...
— Pauvre mignonne ! fit Mme Lechevallier qui embrassa la jeune fille. Que lui répondras-tu, mon ami ?
M. Lechevallier se leva.
— Je lui répondrai que pour moi, je considère
l'auteur de cette lettre comme un menteur et un lâche, fit-il. Mais je lui répondrai aussi que par malheur, je ne puis certifier que les actionnaires parta-
geront cette manière de voir. Et vous savez que leur
consentement m'est nécessaire pour confier à Georges
la gérance de la maison.

Il y eut un instant de pénible silence.

Tout à coup, l'on frappa, et Georges entra dans le salon, les bras chargés de papiers.

Madeleine eut un mouvement comme pour s'élancer vers lui, mais elle se contint et se borna à regarder Mme Lechevallier d'un air suppliant.

L'excellente femme se leva et tendit la lettre à Georges.

— Lisez, mon enfant, dit-elle.

Georges, assez intrigué, prit la missive et la lut. Il la relut, soigneusement, puis, relevant la tête :

— Tout ce que contient cet avis est parfaitement exact, dit-il

— Comment ! s'écria M. Lechevallier stupéfait, tandis que les trois femmes se regardaient avec inquiétude.

— Si vous voulez m'écouter quelques minutes, madame, reprit Georges, vous vous en convaincrez.

Alors, simplement, sans réticence, sans fausse honte, il leur fit l'histoire de sa vie. Il leur retraça ces longues années de souffrances et de luttes, de découragement et de misères. Il n'omit rien, ne dissimula rien, expliqua succinctement les circonstances qui avaient conduit son oncle en prison et amené la disparition de ses cousins. Il passa brièvement, sans les dissimuler cependant, sur les épreuves qu'il avait dû subir depuis le jour où un propriétaire impitoyable l'avait jeté dans la rue avec sa tante et son frère malades jusqu'au jour où il avait rencontré M. Eugène. Et quand il eût tout dit, il ajouta :

— Vous le voyez, madame, cette lettre ne contient rien qui ne soit vérité matérielle. Ce qu'elle ne dit point, en revanche, c'est ce qu'il importe de savoir, c'est si je suis, oui ou non, un honnête homme. Depuis cinq ans, monsieur, vous avez pu vous faire une opinion sur ce chapitre. N'ayant d'autre avocat ni d'autre garant que ma conduite chez vous, monsieur, c'est à vous que je m'en remets pour décider si mon passé m'interdit l'honneur de compter au nombre de vos employés.

— Brave et digne garçon ! s'écria l'industriel, est-il donc besoin de vous dire que jamais ni moi ni les miens n'avons un seul instant douté de vous !

—Jamais ! répétèrent en même temps Mme Lechevallier et sa fille, tandis que Madeleine se mettait à pleurer, au grand effroi de Georges, qui n'écouta rien qu'il ne fût parvenu à la calmer.

— Je vous dirai ensuite, reprit alors M. Lechevallier, que vous avez plus de recommandations que vous ne croyez. Le père Eugène est bien vu au ministère de l'instruction publique, et si, voilà vingt ans, on l'a prié de porter ses idées de réformes pédagogiques ailleurs qu'en France, ce n'est pas une raison pour qu'on le considère autrement que comme un parfait honnête homme. Et d'un. Ensuite, vous m'avez parlé d'un M. Ducoudray chez qui vous avez habité jadis. C'est un vieux client de la maison. Et tous vos anciens patrons, grand enfant, et la police elle-même au besoin, je pense qu'en voilà des témoignages à invoquer !

— Eh bien, mon ami, fit Mme Lechevallier, ne perdons pas un instant. Qu'avant la prochaine réunion des actionnaires, il soit fait justice des perfides insinuations dirigées contre notre bon Georges.

M. Lechevallier répondit par un geste affimatif, et sonna son domestique pour lui dire d'atteler. Puis, après avoir recommandé à Georges de ne pas se monter la tête, d'être tranquille et de ne pas fausser compagnie de trop bonne heure aux dames, avec lesquelles il le laissait, il se mit en devoir d'aller visiter l'un après l'autre les actionnaires, pour détruire dès le soir même, s'il était possible, l'effet de la communication anonyme qu'ils devaient avoir reçue.

Deux jours se passèrent.

Esclave obéissant et presque dévoué, Jonathan Valmont partait chaque matin dès l'aube, se mettait en campagne, revenait à midi, communiquait brièvement à M. Eugène le résultat de ses investigations, repartait et rentrait fidèlement le soir.

Le professeur était convaincu que sa bonne étoile lui avait fait rencontrer un déclassé, criminel par occasion, par malechance, comme il s'en trouve plus d'un à Paris, à qui la perspective d'en finir avec l'existence pesante du malfaiteur eût fait accomplir l'impossible.

Jonathan déployait dans la mission dont il était chargé beaucoup d'intelligence et d'adresse.

Il ne tarda pas à connaître les noms de ceux qui faisaient partie de la bande des dévaliseurs.

Il apprit ainsi la présence parmi eux de Michel Lagneau.

M. Eugène ne jugea pas à propos de lui dire encore que c'était lui qu'il recherchait.

Il voulait attendre d'être plus complétement renseigné sur les habitudes de la bande, ses lieux de réunion, ses heures, etc.

Le soir du deuxième jour, Jonathan rentra très agité.

— Qu'y a-t-il donc? lui demanda le professeur.

— Monsieur, répondit Jonathan, il y a longtemps que j'ai deviné votre but. Qui voulez-vous enlever avant que la police n'ait mis la main sur la bande, je l'ignore. Mais il est évident pour moi que dans l'intérêt d'une famille, vous voulez éviter à l'un des dévaliseurs la cour d'assises et les travaux forcés.

— Admettons. Où voulez-vous en venir?

— A ceci, qu'il faut se hâter. J'ai constaté la présence d'un faux-frère dans la bande.

— Diable ! fit le professeur.

— D'un moment à l'autre, poursuivit l'Américain...

Et il fit le geste de râfler.

M. Eugène agita désespérément ses grands bras.

— Vous n'avez pas eu le temps de mettre la bande sur ses gardes ? reprit-il.

— Non. Je viens de m'apercevoir à l'instant de cette complication. Un pur hasard.

— Diable ! diable ! fit le professeur.

— Il y aurait bien un moyen, reprit Jonathan.

— Lequel ?

— Ce soir, les principaux chefs de la bande ont réunion boulevard de Vaugirard. Le mouchard en sera...

— Et celui que vous connaissez ?

— En sera aussi.

— Alors, vous voulez dire qu'il faudrait se trouver à cette réunion, et dévoiler l'homme de police ?

— Oui.

— Prenez garde, interrompit M. Eugène. S'ils le tuent ?

Jonathan réfléchit.

— Tout cela dépend d'une chose, fit-il. Les gens qui se réuniront boulevard de Vaugirard ne sont pas hommes à vendre leurs camarades. Si celui que vous cherchez n'est pas du nombre...

— Vous connaissez leurs noms ?

— Oui, monsieur. Il y a Pierre Mallard, Joseph Legros, Michel et Jacques Lagneau, François Lepeintre, Remy Clouet, Antoine Millot et Paul Neveu. Le mouchard se donne le nom de Sisterol, et mon type s'appelle Werner.

— Celui que je cherche en est, répondit M. Eugène.

Il y eut un moment de silence.

— Monsieur, reprit Jonathan, vous êtes le maître. Décidez. Pour moi, voici mon avis. Tout me porte à croire qu'il y aura cette nuit descente de police à la maison où les chefs vont se réunir et sans doute faire une orgie une fois le conseil tenu. Je ne crois pas que la réunion soit avant minuit. Il est neuf heures. Nous avons le temps d'agir.

— Jonathan, répondit le professeur, je me reprocherais éternellement d'avoir causé la mort d'un homme, quelque bas qu'il fût sur l'échelle sociale. Je ne veux pas que vous préveniez Werner. Mais, en revanche, voici ce que vous pourriez faire.....

Il était onze heures du soir.

Le temps, sombre et froid, glaçait le sang dans les veines. Les rares passants qui suivaient les rues du quartier Vaugirard se hâtaient, les mains dans les poches et le collet remonté, pour regagner leur logis.

Le boulevard de Vaugirard était désert.

Il ne faisait pas encore assez mauvais temps pour qu'il y eût foule aux abords de la « petite flamme bleue. »

A peine, de loin en loin, quelques « errants, » qui se traînaient d'un banc à l'autre, ou longeaient les constructions et les démolitions bordées de clôtures en planches, cherchant l'ombre, que la misère aime aussi bien que le crime.

Un de ces errants passait et repassait depuis une demi-heure devant une maison basse prolongée d'un mur.

Il examinait soigneusement la construction de l'immeuble, sordide, noir et mal percé.

Et il marmottait entre ses dents :

— Comment diable faire pour entrer là ?

Le mur était haut. Pas une brèche, pas une saillie, sinon, tout à fait à la crète, un satané rebord ménagé tout exprès pour empêcher d'escalader, pardieu !

Cependant, à force de tourner autour de la masure, l'individu finit par découvrir sans doute quelque chose de plus commode que la maçonnerie lisse et nue, car il poussa un grognement de satisfaction et sifflotta gaiement les premières mesures d'une scie à la mode.

Il venait d'apercevoir, tendu le long de la porte d'entrée, un fil de fer assez fort et paraissant en bon état.

En trois coups, secs et francs, d'un instrument qu'il sortit de sa poche, il eut détaché vingt-cinq ou trente centimètres de ce fil.

Ensuite, il tordit la portion qu'il venait d'enlever, et l'introduisit dans la serrure.

Cinq minutes après, les gonds tournaient silencieusement, et l'audacieux personnage pénétrait dans la maison.

En refermant la porte, il eut un rire contenu.

— Jonathan, mon bon, fit-il, tu n'es décidément pas maladroit, et puisque c'est pour le bon motif que tu travailles, il t'est permis d'en être fier...

Tout en parlant ainsi, Jonathan, car c'était bien lui qui venait de s'introduire ainsi dans la maison, laquelle, le lecteur l'a deviné sans doute, était celle où devaient se réunir le soir même les chefs de la bande des dévaliseurs, Jonathan faisait jouer le ressort d'une petite lampe électrique et se trouvait entouré de lumière.

Si quelqu'un de ses amis l'eût vu à ce moment, il eût été bien surpris sans doute. L'Américain portait un costume d'agent de police.

— Voyons, fit-il, examinons la disposition des lieux. Il faut une cachette spacieuse, M. Eugène est grand, moi je suis rondelet, Picard et Goberjeux sont de taille raisonnable. On peut d'ailleurs se disperser.

Il jeta autour de lui un coup d'œil rapide, et poussa une seconde porte qu'il avait devant lui.

— Un couloir, fit-il. Escalier au fond. Prenons l'escalier. Ce ne sera certainement pas au rez-de-chaussée qu'on festoyera.

Il monta les marches humides et glissantes. Parvenu sur le palier, il hésita. Quatre portes s'offraient à son choix. Trois étaient fermées à clé, la quatrième seulement au pène.

Jonathan l'ouvrit, et se trouva dans une espèce de réduit oblong, sans ouvertures visibles, encombré de loques, de chiffons, de vieux balais et d'araignées.

Il examina ces six pieds carrés d'un air de méfiance. Puis il s'approcha des murs, passa les mains dessus et laissa échapper un grognement réjoui.

Sous la pression de ses doigts exercés, un craquement venait de se faire entendre. Une porte s'ouvrait, et Valmont se trouvait dans une chambre assez spacieuse, meublée presque confortablement de fau-

teuils et de chaises garnies. Un buffet ventru complé-
tait avec une table ronde cette installation très convenable.

— Bon, fit entre ses dents l'Américain. J'en sais
assez. Voyons, continua-t-il, repassons bien le plan
de la surprise, avant de choisir définitivement notre
cachette. Ils seront dix, nous serons quatre, nous
n'en voulons prendre que deux. Il faut donc laisser se
sauver les autres. Par où se sauveront-ils? Par la
porte secrète, qui s'ouvre en dehors comme en dedans
et qui est invisible. Au moment où les agents croi-
ront les acculer au mur, le mur s'ouvre, et ils
filent tout droit... En bas, il y a sans doute quelque
trappe, quelque porte masquée... Tant mieux. Donc,
il faut leur laisser ce passage libre. Donc, il faut nous
cacher ici.

Et il poussa une porte qui s'ouvrait en face de
l'issue secrète.

— Parfait, fit-il en pénétrant dans la pièce où elle
donnait accès. Pas un meuble. On n'y doit jamais venir. Nous nous installons derrière la porte. Quand ils
sont bien en train de causer, nous faisons irruption
comme quatre bombes, nous empoignons les jeunes
Lagneau et nous filons, les derniers si les autres se
sauvent, les premiers s'ils se défendent. La voiture
est en bas, nous sautons dedans, et fouette, cocher!
rue des Feuillantines.

C'était rue des Feuillantines que M. Eugène avait
son quartier général.

On voit quel était son plan. Devancer la police, se
saisir de Michel et de Jacques Lagneau, les emmener
de gré ou de force, quitte à se battre avec leurs compagnons, puis, une fois rue des Feuillantines, leur
donner à choisir entre le Dépôt ou l'expatriation.
S'ils choisissaient de quitter la France, M. Eugène
les embarquerait en compagnie de Jonathan pour les
colonies, et Georges serait débarrassé d'eux. S'ils
préféraient le dépôt, on aviserait.

D'après les calculs de Jonathan, la police, en admettant qu'elle arrivât cette nuit même, n'arriverait pas avant l'heure où il y aurait chance de trouver la bande ivre-morte. On savait par Sisterol à la Préfecture, qu'il devait y avoir grande noce après la délibération.

Le temps ne manquait donc pas.

Il n'était que onze heures et demie.

A minuit moins un quart, M. Eugène, un foulard tricolore sous son gilet, devait arriver avec Picard et Goberjeux.

Picard et Goberjeux, deux braves ouvriers de la maison Lechevallier, à qui il avait suffi de parler d'un grand service à rendre à M. Georges pour les décider à se mêler d'une aventure risquée, et dont on ne pouvait trop prévoir l'issue. Telles avaient été les propres expressions de M. Eugène. Mais les deux braves garçons, qui d'ailleurs étaient sans famille, n'avaient pas hésité un moment.

Les quatre hommes se cacheraient dans un recoin choisi par Valmont. Puis, quand M. Eugène jugerait le moment venu, il ferait un signe. L'Américain s'élancerait le premier. La vue de son uniforme — une défroque qui lui avait servi jadis à plus mal faire — causerait dans la bande un moment de panique et de désarroi dont M. Eugène profiterait pour s'emparer des jeunes Lagneau. Et, comme disait Jonathan, on filerait les premiers ou les derniers, cela dépendrait.

Le moment était venu. Jonathan s'assura que la porte secrète fonctionnait librement, puis il regagna le palier.

M. Eugène ne pouvait tarder d'arriver.

A un signal convenu, Valmont devait lui ouvrir la porte. Picard et Goberjeux suivraient.

L'Américain n'était pas sans une certaine anxiété, vu son costume d'agent de police. Si la bande allait devancer le professeur et ses aides !...

Il descendit silencieusement les premières marches de l'escalier, écoutant si le signal ne se produisait pas au dehors...

Soudain, il tressaillit, et demeura quelques instants immobile, le cou tendu.

Il lui avait semblé percevoir quelque chose... un bruissement furtif, insaisissable... dans la maison.

Cela lui paraissait... car il entendait encore... venir d'un réduit dont il voyait l'entrée noire béante sous l'escalier tournant.

Il eut peur...

Dissimulant avec soin sa lanterne, il se pencha sur la rampe, écoutant de toute la puissance de son cerveau, retenant son souffle, comprimant de la main son cœur qui battait.

Quelques secondes se passèrent.

Il n'entendait plus rien.

Sa figure se rasséréna.

— Mon Dieu, pensa-t-il, que je suis bête pour mon âge ! C'est un rat...

Et sans prendre la peine d'étouffer ses pas, il descendit deux marches.

Comme il mettait le pied sur la troisième, il eut un tressaillement terrible, et poussa un cri.

Deux mains venaient de s'abattre sur ses épaules.

En même temps émergeait de l'ombre une forme humaine.

Cette forme, Valmont, bouche béante, les yeux dilatés par la frayeur, la regardait comme fasciné.

Cette forme était celle d'un agent de police. Derrière lui venait une autre forme identique, et sous l'enfoncement noir du réduit, l'Américain devinait le scintillement mat des boutons d'uniforme et des ceinturons polis.

La police !...

— Allons, camarade, fit une voix railleuse derrière lui, montrez votre livret, et nous serons indulgents.

— Faut-il être zélé, tout de même, appuya un organe non moins narquois.

— De quelle brigade, l'ami ?

— N'avons-nous pas fait campagne ensemble ?

— Soyez donc plus respectueux, vous autres. Vous ne voyez donc pas que c'est le préfet de police qui s'est déguisé pour venir surveiller son personnel.

— Trève de plaisanteries, intervint à ce moment

une voix de commandement. Assurez-vous de cet homme et reprenons nos postes, les autres ne vont pas tarder d'arriver.

— Bien, monsieur le commissaire, fut-il répondu.

Les deux mains qui pesaient sur les épaules de Valmont se soulevèrent.

— Si monsieur veut prendre la peine de monter, fit obséquieusement une voix.

Jonathan se retourna, et se vit en face de Sisterol.

— Mouchard ! cria-t-il avec rage.

— Bâillonnez-le, s'il fait du tapage ! reprit la voix de commandement.

— Je ne vous résisterai pas, à vous, messieurs' les agents, répondit Valmont.

Et, jetant Sisterol contre le mur d'un revers de bras, il se mit entre deux gardiens de la paix.

— C'est cela, fit l'un d'eux, soyez sage. On ne veut pas vous faire de mal.

— Installez-le dans la chambre de devant, intervint encore le commissaire.

La chambre de devant était une pièce sombre et presque complétement dégarnie.

Quand l'Américain et les agents y pénétrèrent, une bouffée d'air froid les frappa en plein visage.

— Ferme la fenêtre, Charlet, fit l'un des gardiens.

— On y va, répondit l'autre.

Et il fit un pas en avant. A ce moment, Valmont eut une inspiration subite. Il se souvint qu'il était doué d'une grande vigueur, que la maison était basse et le boulevard obscur. Alors, prompt comme un éclair, il se rua sur l'agent Charlet, le saisit à bras le corps, le jeta derrière lui sur l'autre agent pétrifié de surprise et s'élança par la fenêtre.

Puis il prit sa course, à toutes jambes, sans regarder derrière lui.

CHAPITRE NEUVIÈME

LA journée du lendemain se passa pour M. Eugène dans des inquiétudes mortelles.

A minuit moins un quart, exact au rendez-vous, il avait fait le signal convenu.

Mais à cet instant même, il avait entendu le bruit de la chute de Valmont, avait vu quelqu'un se sauver en courant, et surpris la rumeur qui s'était produite dans la maison. Tout cela l'avait mis sur ses gardes. Ensuite, le cocher était arrivé à toute course, affirmant avoir vu des agents de police aux fenêtres. Enfin, Picard et Goberjeux l'avaient prévenu en le rejoignant que des agents arrivaient sur l'endroit où il se tenait caché. M. Eugène, préférant n'avoir pas l'air de fuir, les avait attendus. Interrogé, il avait décliné ses noms et qualités et donné de sa présence boulevard de Vaugirard une explication plausible.

— Mais pourquoi vous dissimulez-vous ? avait demandé un brigadier avec insistance.

— Parce qu'ayant vu tout à l'heure un homme s'enfuir, et m'étant aperçu d'une certaine agitation vers cette maison basse, répondit le professeur avec une sincérité profonde, j'ai cru ne pas être en sûreté, et.....

— De quel côté s'est sauvé l'homme ? interrompit le brigadier.

Au ton pressant de cette demande, M. Eugène comprit que c'était Jonathan qu'il avait vu courir.

— Par là... fit-il en étendant le bras dans la direction opposée à celle qu'avait prise l'Américain.

— Vous en êtes bien sûr ?

— Je l'ai vu.

— Bien. Il se pourrait que le parquet désire vous entendre à ce sujet, monsieur : veuillez me donner votre adresse.

M. Eugène s'exécuta. Puis il fit avancer la voiture.

En voyant arriver le véhicule, le brigadier parla de contravention, mais le cocher, qui était propriétaire de son sapin, s'écria :

— Ces messieurs sont de mes amis, et la voiture étant à moi. nous piquons une ballade ensemble, et puis voilà tout.

— C'est bon, fit l'agent. Alors, messieurs, si vous m'en croyez, gagnez des quartiers moins excentriques.

La partie était perdue. La rage aux dents, M. Eugène Picard et Goberjeux, montèrent en voiture et le cocher brûla le marcadam.

Ils ne roulaient pas depuis plus de cinq minutes, quand une horloge sonna minuit.

Minuit ! A ce moment sans doute, tout était rentré dans le calme à la petite maison basse du boulevard de Vaugirard. Minuit ! les chefs de la bande allaient arriver, un à un, gais et confiants, s'introduire en fredonnant dans leur repaire et commencer leur orgie, qui se terminerait au Dépôt...

Un seul espoir lui restait, celui que Jonathan, rencontrant par hasard quelqu'un de la bande, ne parvînt à empêcher la réunion.

Mais Jonathan, surpris sans doute par la police arrivée première, devait songer tout d'abord à se cacher.

Qui pouvait garantir, d'ailleurs, qu'une ronde ne l'arrêterait pas ? Tout homme qui se dissimule est suspect, surtout quand il porte un costume d'agent de police.

Nous ne surprendrons point nos lecteurs en leur disant que M. Eugène ne dormit pas de la nuit.

Le lendemain, il sauta sur le premier journal venu. Rien

Ce fut une lueur d'espoir, bien vite éteinte par cette réflexion que la feuille devait être sous presse au moment où il eût été possible d'avoir des renseignements sur l'arrestation de la bande.

Il fallut attendre le soir.

Le soir, aux Faits divers, M. Eugène trouva relatée l'arrestation d'une bande de malfaiteurs dans une maison du boulevard de Vaugirard.

C'était bien cela.

Les noms y étaient : Mallard, Clouet, Lepeintre, Werner... Ni Michel ni Jacques Lagneau ne figuraient sur la liste, mais à la suite des noms publiés venait une série de surnoms dont l'un ou l'autre pouvait désigner un des cousins germains de Georges.

Évidemment, tout était fini. Comment supposer qu'un hasard providentiel eût permis que précisément ces deux-là eussent échappé ?...

M. Eugène laissa tomber le journal, cacha sa tête dans ses mains et murmura :

— Mon pauvre Georges !...

La situation devait se dénouer par une rencontre bien imprévue.

C'était l'avant-dernier soir dont pût disposer le professeur.

En proie à un chagrin profond, il avait erré depuis huit heures du soir à travers les rues de Paris, sans but, sans dessein, sans trop savoir où il allait.

La sensation désagréable qu'on éprouve à se heurter contre un monsieur pressé le tira de sa rêverie.

Il s'excusa brièvement, tira sa montre et regarda l'heure.

— Une heure du matin, fit-il avec étonnement. Et où diable suis-je ?

Il regarda autour de lui, et non sans stupéfaction, s'aperçut qu'il longeait le quai de Valmy.

Se trouver aux bords du canal Saint-Martin à une heure après minuit n'a rien de positivement enchanteur.

M. Eugène se savait au cœur du royaume des truands et coupebourse, et parfaitement dépourvu de toute arme défensive. Il se boutonna et pressa le pas.

Pour aller rue des Feuillantines, c'était peut-être une bonne précaution.

Cependant, il se garda bien de fourrer ses mains dans ses poches, comme font la plupart des gens qui se hâtent.

En cas d'agression, il voulait avoir ses mouvements libres.

Bien lui en prit.

Il n'avait pas fait deux cents pas, qu'en passant près d'une pile de planches amoncelées sur le quai, il vit une ombre noire se jeter sur lui. En même temps, il parait de son bras gauche, instinctivement porté en avant, un furieux coup de casse-tête.

L'agresseur redoubla, et se précipita sur M. Eugène avec une véritable furie.

Ce mouvement l'amena sous la lueur indécise d'un rayon de lune, et le professeur, qui ouvrait la bouche pour appeler au secours, retint le cri prêt à s'échapper.

Il venait de reconnaître Michel Lagneau !

Une idée jaillit dans son cerveau.

S'emparer du misérable que le hasard, non, la Providence, mettait une seconde fois sur son chemin.

Alors, il se rua sur Michel. Avec une vigueur qu'il n'aurait jamais cru posséder, il l'étreignit, le serra à l'étouffer et le renversa.

Puis, le maintenant sous son genou, il lui tordit les poignets et le contraignit à lâcher son casse-tête.

Et se penchant vers lui, il lui dit :

— Rassurez-vous, mais permettez que je vous ficelle.

Il dénoua la ceinture de cuir qu'il portait, et garrotta solidement Michel, qui, tout étourdi de sa chute, et d'ailleurs très effrayé, n'opposa pas de résistance.

Cela fait, le professeur reprit la parole :

— Vous allez, dit-il, choisir entre le poste le plus voisin et votre liberté assurée. Savez-vous où trouver actuellement votre frère et vos deux sœurs ?

Michel, ne sachant pas du tout où il en était, se garda bien de répondre.

Le philosophe, loin de le brusquer, prit une voix plus douce encore.

— Michel Lagneau, fit-il, je ne suis pas un ennemi. Ne me reconnaissez-vous pas ? Nous habitions la même maison, à Belleville.

Une exclamation sourde s'échappa des lèvres de Michel.

— Répondez-moi, reprit le professeur.

Et il renouvela sa question.

— Lâchez-moi, grommela Michel. Je vais vous conduire près d'eux.

M. Eugène l'aida à se mettre debout.

— Les trouverons-nous seuls, demanda-t-il ?

— Oui, fit laconiquement Michel.

Et il ajouta :

— J'ai un revolver dans ma poche, prenez-le.

M. Eugène obéit avec une satisfaction peu dissimulée.

Quant à Michel, il marchait à grands pas dans la direction de Montmartre.

M. Eugène, la main sur la crosse de son revolver, le suivait sans mot dire.

— S'il me mène dans un coupe-gorge, pensait-il, il me le paiera tout le premier.

De détour en détour, de ruelle en ruelle, les deux hommes arrivèrent rue de la Chapelle.

Michel s'arrêta devant une maison d'aspect banal, portant une lanterne allumée au-dessus de la porte, ce qui permettait de lire : Hôtel garni.

— C'est là, fit-il.

Et il reprit, après une pause.

— Je sais ce que vous me voulez, M. Eugène. Je sais que vous allez me proposer ce que Georges m'a proposé il y a trois ou quatre ans place du Panthéon. Moi, je ne refuse pas. Savez-vous pourquoi je vous ai sauté dessus ce soir? Parce que les copains de Sèvres m'ont lâché et que j'ai faim... Vous allez voir où nous en sommes, et si vous jugez que nous pouvons sortir d'un pétrin pareil, je ferai ce que vous voudrez. J'aime mieux me tuer que d'aller au bagne...

Et il ouvrit la porte du garni. M. Eugène le suivit sans hésiter.

Il le suivit, à travers une enfilade d'escaliers humides et sombres, de couloirs louches et de paliers borgnes, jusqu'à une sorte de galetas noir et froid, éclairé par une mèche fumeuse.

Là, sur un tas de paille, deux femmes maigres, toussant et tremblant la fièvre, laides d'une laideur indescriptible parce qu'elle n'était pas dans leurs traits simplement flétris, deux misérables dans la plus vaste acception du mot, gisaient.

— Voilà mes sœurs, fit Michel.

M. Eugène recula.

Cependant, il retrouvait parfaitement les traits de Louise et de Jeanne.

C'étaient bien elles qu'il retrouvait ainsi, malades de misère et de vice, agonisantes d'inconduite et de paresse.

La voix de Michel s'éleva de nouveau.

— Voilà mon frère, dit-il.

Jacques était là, en effet.

Accoudé sur une table, en face d'une fiole renversée dont suintaient encore quelques gouttes d'une liqueur verdâtre, il dormait.

— Voilà trois jours que nous vivons sur ce flacon d'absinthe, reprit Michel. A la fin, ça m'a bassiné. Le ventre me brûlait. Je suis sorti pour tuer ou pour être tué.....

Et il ajouta plus bas.

— Mais je suis content que ni l'un ni l'autre ne soit arrivé.

M. Eugène réfléchissait.

— Lui n'est pas inguérissable, pensait-il. Mais les autres ?...

A ce moment, une plainte monta du tas de paille. Le professeur vit se soulever une des pauvres créatures qui s'y pelotonnaient. C'était Louise. Elle eut un violent accès de toux et le sang lui monta aux lèvres.

M. Eugène se retourna vers Michel et lui montra la malheureuse, puis la fiole renversée...

Et Michel fit signe que oui, de la tête.

Le professeur eut un frisson.

— Croyez-vous que ces trois-là soient en état de travailler ? reprit Michel avec un ricanement amer.

Il haussa les épaules et reprit :

— Moi, je vous dis, j'en ai assez de vivre de vol. Je n'ai jamais tué ni incendié, mais comme on dit, j'ai fait tout le reste. Si vous vouliez, vous m'enverriez au bagne... Qu'est-ce qu'ils deviendraient, ces trois-là ! Quand ils mangent, c'est grâce à moi, quand j'ai fait quelque bon coup. J'ai failli les voir crever dix fois... C'est pas qu'on s'aime : on est tout le temps à se disputer, seulement, on est habitué les uns aux autres.

— Quelle étrange vie aura été la vôtre, fit M. Eugène. Vous rappelez-vous votre enfance ?

— Oui, murmura Michel.

— Maintenant voilà qu'à votre tour vous avez pour ainsi dire une famille à soutenir. Engagé dans la voie du crime et du vice, vous n'avez ni voulu, ni pu revenir en arrière. Et cependant, vous l'avouez vous-même, cette existence vous obsède...

— Comment voulez-vous que j'en sorte ? fit Michel avec une rage concentrée. Où voulez-vous que je trouve à me caser, avec ça derrière mes talons ?... Ah !!!

Et il eut un geste violent à l'adresse de son frère et des deux femmes, qui geignaient en se tortillant sur leur paille.

M. Eugène l'arrêta.

Quant à ses frères et sœur ils partaient avec Jonathan

— Voulez-vous quitter la France ? fit-il.

— Tout plutôt que le bagne, répondit Michel.

— Vous partirez demain pour les colonies. Vos papiers sont-ils en règle, au moins ?

— Nous avons nos extraits de naissance, nous les avons pris en partant de chez nous.

— Et le service militaire ?

— Mon frère a été réformé, et je suis aîné d'orphelins ; c'est pour échapper au sort que je ne me suis pas séparé d'eux il y a deux ans.

— En tout cas, je me charge des formalités nécessaires, s'il y en a. Vous n'avez jamais été arrêté ni condamné ?

— Non. Je l'ai échappé belle, l'autre soir. Ils ont tous été pincés, boulevard de Vaugirard. Le sort a voulu que je me brouille avec le chef deux heures avant la réunion. C'est de la chance. Si j'étais à l'ombre, ils seraient morts tous les trois, à l'heure qu'il est.

— A propos, seront-ils en état de vous suivre, demain ?

— Peut-être pas la Louise. Mais celle-là peut rester. Elle n'a jamais volé depuis qu'elle est grande fille. On pourrait la mettre à l'hôpital...

M. Eugène lui coupa la parole. Louise avait entendu et murmurait :

— Non, non, pas l'hôpital...

Et Michel ricana :

— Elle croit qu'on tue les malades pour livrer les corps aux carabins, cette grande bécasse.

. . . .

Le lendemain soir, M. Eugène, Michel, Jacques et Jeanne arrivaient au Hâvre.

Les trois Lagneau, équipés de frais, la poche garnie, semblaient transportés dans un monde nouveau.

Un autre personnage était aussi avec eux. Jonathan Valmont n'avait pas tardé à se réfugier rue des Feuillantines, et M. Eugène, lui tenant compte de sa bonne volonté, lui donnait la prime et la liberté promises.

Louise Lagneau, transportée dans une maison de santé ouverte à toutes les infortunes honteuses, allait passer dans le bien-être les quelques jours qui lui restaient à vivre.

Quant à ses frères et sœur, ils partaient avec Jonathan pour la colonie du Congo. Leurs papiers à tous étaient en règle. N'ayant jamais subi de condamnations, leur liberté demeurait complète, et pas n'était besoin de cacher leur nom. La crainte seule de voir leur passé se découvrir leur restait. C'était la garantie que M. Eugène avait contre eux.

Le paquebot partait le lendemain matin. M. Eugène installa ses quatre protégés à bord dès le soir et reprit le train pour Paris.

Ses élèves de Sèvres le virent à son heure habituelle et remarquèrent entre eux qu'il n'avait jamais eu l'air si content.

Auprès de tous les actionnaires de la maison Lechevallier et Cie, la lettre anonyme a trouvé la créance qu'elle méritait.

Les nombreux et puissants témoignages qui sont venus militer en faveur de Georges ont été accueillis, au contraire, avec l'empressement que l'on met d'ordinaire à accueillir les preuves matérielles de ce que l'on a soi-même toujours dit et pensé.

Georges est depuis le 14 juillet devenu gérant de la maison Lechevallier et Cie.

Il a une position superbe.

Dans quelques jours, il épouse Madeleine, la nièce du professeur.

Joseph, élève-officier à l'école de St Maixent, sera témoin au mariage de son frère avec M. Lechevallier.

9 782016 160329